家族の中で
ひとりだけ

建倉圭介
Tatekura Keisuke

光文社

家族の中でひとりだけ

装画　SHIKA
装幀　bookwall

1　X　午後三時二十三分

　ロッキーのテーマが鳴った。スマートフォンの受信ボタンをタップすると、すぐに「今通った」と性急な調子の声が聞こえた。

「いつも通りか？」

「後部座席の右側に会長、助手席に秘書が乗っている」

　男は通話を切ると、インパネに表示されている時刻に目をやった。十五時二十四分。二度頷《うなず》いてから車を動かし、コインパーキングを出た。バス通りを五十メートルほど行って左折し、住宅街に入る。一度右折し、高校の体育館の裏手に面したフェンス脇で停車して時計を見た。右側は緑地になっている。

　右手をステアリングに置き、人差し指で秒を刻む。「あと、一分」声が洩《も》れる。

　指の打音がいくぶん速めになったとき、前方百メートルほどにある角を黒のセダンが左折してきた。

「よしっ」また、声が洩れる。

　車内はエアコンで冷やされているが、男の額は汗で覆われていた。シートの下からタオルに包まれたものを取り出す。タオルを外して拳銃を手にすると、消音器の装着具合を左手で確認する。

拳銃をベルトに差し、白いサマージャンパーのファスナーをあげた。顔を伏せ、セダンが通り過ぎるのを待つ。横目でセダンの車内を確認してから、ドアミラーを覗《のぞ》き込む。ウインカーライトが点滅を始めた。視線をバックミラーへと移す。右折していくセダンが映っていた。

男は車のエンジンをかけたままドアを開け、ジャンパーの上から拳銃を押さえて車外へ出た。九月も半ばになったが、外気は真夏のような熱を帯びていた。周囲に視線を這《は》わせてから走り出した。セダンが右折した角を曲がる。二軒先の門が開いていた。ジャンパーのファスナーをさげ、右手で拳銃のグリップを握りながら走った。門柱に掲げられた表札を睨《にら》み、門を駆け抜ける。

玄関の前に黒のセダンが停《と》まっていた。後部座席のドアを押さえていた運転手が男を見て声をあげた。車からおりた七十がらみの会長が振り向く。

男は銃口を突き出しながら一気に間合いを詰めた。会長の顔に驚愕《きょうがく》と恐怖の表情が浮かび、待て、という風に両方の掌《てのひら》を向ける。男は銃身を前に突き出して撃った。会長の左肩に当たった。続けてもう一発撃ち込んだ。会長と運転手が開いていたドアにぶつかった。

車の反対側にいた秘書が、回り込んで向かってくる。男は銃口をあげて一発放った。秘書が右の二の腕に受けた銃弾の衝撃で仰向《あおむ》けに倒れる。玄関のドアが開き、中から一人飛び出してきた。白いシャツの前がはだけていた。

男は踵《きびす》を返して、門を走り抜けた。背後から叫び声がした。角を曲がって車に乗り込む。ドアを閉めながら同時にサイドブレーキを下ろし、シフトノブをドライブにするとアクセルを踏み込んだ。車は摩擦音をあげながら発進した。バックミラーに白シャツ姿が走ってくるのが映る。数メートルまで近づいてきたが、車の加速とともに、その姿は徐々に小さくなり、角を曲がったところで見えなくなった。七十メートルほど行ったところで、角を曲がってきた白シャツがバックミラーに再び現れた。追うのを諦めたのか、その場で立ち止まった。

住宅地の道を何度か曲がり、いったん表通りに出た。先の赤信号に二台停車している。舌打ちをしながら停止する。その間にシートベルトを着ける。青信号で発進したが、前の車が時速四十キロ程度の走行を続ける。男はまた舌打ちをして、横道に入った。住宅街の狭い道だった。三十キロ道路を六十キロで通過し、一時停止線を無視して交差点に突っ込む。同時に右からグレーの車が進入してきた。

アクセルを踏み込み、すり抜ける直前でリアバンパーあたりにグレーの車のフェンダーがぶつかり、スピンした車体が交差点の先の電柱に激突した。

男の顔がエアバッグにめり込んだ。数秒で顔をあげた。フロントガラスに細かいひびが入っていて何も見えなかった。

エンジンをかけるが、何の反応もない。

「くそっ」

唸《うな》りながら首を動かす。腕も手も動いた。ジャンパーの右ポケットから拳銃を取り出し、ベルトに差す。左手をポケットに入れてスマートフォンを握る。拳銃を包んでいたタオルでステアリングとシフトノブ、そしてサイドブレーキを拭く。ウインカーとドアハンドルも拭く。一瞬動きを止めると、「よし」と呟《つぶや》いて、タオルを持ったままドアハンドルを引き、身体《からだ》をぶつけるようにしてドアを開ける。車外に出ると、外側のドアハンドルを拭いて、タオルをジャンパーのポケットに入れた。

相手の車は、交差点の角地にある家の塀に突っ込んでいた。運転手はエアバッグに頭を埋《うず》めたままだった。その家の二階の窓が開いた。

男は何度か足踏みをしてから、走り出した。パトカーのサイレンが鳴っていたが、近づいてくる音ではなかった。
四、五分ほど走ったところに公園があった。中には数組の親子がいたが、公衆トイレの近くには人影がなかった。男は周囲を見渡し、特に上方を念入りに見てから、公衆トイレに入った。薄暗い中に人はいなかった。リバーシブルのジャンパーを裏返し、紺を表にして着直す。キャップも裏返して紺からグレーに替えた。ファスナーをあげ、ベルトに差した拳銃を隠す。手洗いの上にある薄汚れた鏡に映った姿を、点検するように眺めてから軽く頷いて外に出た。

2　勇樹　午後三時二十八分

家々から大きく張り出した庭木の枝と街路樹のそれが互いに歩道の上で交わり、自然のトンネルが作られていた。

勇樹《ゆうき》は通学帽の鍔《つば》をさげ、木洩《こも》れ陽《び》を受けてまだら模様になった舗道に目を落としながら歩いていた。時折ランドセルの肩ベルトに親指を差し込んで背負い直す。唇を強く結んだり、突き出したりして涙を堪《こら》えていたが、一粒流れると、あとからあとへとこぼれ出てきた。下校時のことが、思い出したくないのに頭に浮かんでくる。

ベタン、泣けよ——そんな言葉で囃《はや》し立てられた。ベタンとは、今人気のアニメの中で、のろまでいつもドジを踏み、皆《みな》から嘲笑されるキャラクターだ。言い出したのは、付属の幼稚園からあがってきて、何をするにも偉そうな態度をする大地《だいち》だった。

勇樹は数メートル進むたびに、「大地のやつを、ぶっとばす」と呟きながら歩いた。

二ブロック先の花屋の店先で、おねえさんが鉢を並べている。店の前を通れば「勇樹君、おかえり」と声をかけてくれる。勇樹は一つ手前の角を左に曲がって遠回りをした。

歩きながら両手で顔を何度も拭いた。目の下を念入りに拭う。

左手の坂道から足音がした。顔をあげると、幼稚園のときに同じ組だった二人が、両手を広げて駆けおりてくるのが見えた。近くの公立小学校に通っている連中だった。勇樹は足を速めて道を渡ろうとする。二人が左右に分かれながら駆けおりる速度をあげてきた。勇樹を挟んで通り過ぎるとき、「ヒューン」と言いながら通学帽を弾《はじ》き飛ばしていく。帽子が道路の真ん中まで転がり、甲高《かんだか》い笑い声が残った。

勇樹の目からまた涙が溢《あふ》れてきた。帽子を拾い、鼻水をすすりながら歩く。涙が止まらず、ポケットからハンカチを取り出すと、鼻水ともども乱暴に拭った。

涙が乾く間もなく自宅の前まできてしまった。門についているインターフォンのボタンを押す。少し下がって上目遣いにカメラを見ると、母親の「おかえりなさい」という声がして電動の鍵が外れた。勇樹はすぐに目を伏せてアプローチの階段を緩慢な足取りであがった。玄関までの通路の左側には赤や黄色の花が植えられていて、その上をモンシロチョウが飛んでいた。玄関の前に立つと、ドアが開いた。「ただいま」と、顔を伏せて言う。

「どうしたの？　何かあったの？」

「何でもない」

「そんなことないでしょう。話してごらんなさい」

「何でもないったら」勇樹は強く言って、階段を駆けあがった。

背後で母親のため息が聞こえた。なぜか家族は勇樹と話したあと、ため息をつく。何か、僕が悪いことをしたのかなと、いつも思ってしまう。

勇樹は部屋で白いポロシャツとベージュの半ズボンに着替えた。少し気分が持ち直してきた。部屋を出ると、洗面所に入って手と顔を洗い、一階へおりた。涙はもう出ていなかったが、それでも何度か目の周りを手で拭いながら廊下を歩き、リビングに入った。ここはリビングダイニングルームとして一つの部屋だが、家族は入り口に近くてソファやテレビがあるところをリビング、奥のダイニングテーブルがあるところをダイニングと呼んでいる。

母親がダイニングテーブルの上におやつを用意しているところだった。

「にわに出ていい？」と聞くと、またため息が聞こえ、そのあとで「いいわよ」という言葉が返ってきた。

「でも、十分だけよ。ママ、出かけるから。クッキー、ここに置いとくね。食べる前に、ちゃんと手を洗うのよ」

勇樹は生返事をして、テラスに出た。冷房のきいた室内から外に出ると、途端に湿った空気がまとわりついてくる。

何台かのパトカーのサイレンが聞こえる。近所ではないけれど、そんなに遠くでもなかった。

勇樹は思わず空を見上げてしばらくの間、慌ただしい音に聞き入っていたが、時間がないのを思い出すと、赤い花が鮮やかな夾竹桃《きょうちくとう》の木陰に入ってしゃがみ込んだ。百日紅《さるすべり》との間の地面を見つめ、身じろぎもせずにじっと待つ。自分自身も庭木になった気分になり始めたとき、トカゲが身体をくねらせて日向《ひなた》から日陰に移動してきた。一目で三号と名づけたトカゲだとわかった。名づけた頃は尻尾《しっぽ》が鮮やかなコバルトブルーだったのが、今は茶褐色になっている。途中からはいくぶん歪《いびつ》な形の再生尾《さいせいび》になっていて、色は少し青みがかっていた。

勇樹は三号を左手ですくいあげると、右手をそっと背中に添えた。暴れないのを確認してから、指の腹で撫《な》でた。細い爪がちくちくと掌の柔らかい皮膚をつつく。勇樹の顔が綻ぶ。背中を撫でていると、たいていトカゲたちはおとなしくなる。首を捻《ひね》って勇樹の方を向き、「ああ、おまえか」というような表情をする。こいつは、しばらく遊ぶと放してくれるから安心だとでも言っているようだった。

勇樹が三号を虫かごに入れてリビングに戻ると、外出着に着替えた母親がバッグにスマートフォンを入れているところだった。

「じゃあ、これから……」と言ったあとで視線が虫かごに向かい、嫌なものを見たという顔をしてから、ため息をついて続けた。「五時半には帰るから、お留守番頼むわよ。ピンポン鳴っても出なくていいからね」早口で言うと、テラス側の大きな窓の鍵を確かめてから、リビングを出ていった。

玄関ドアが閉まると、すぐに階段をおりる足音がした。

（お兄ちゃんだ）勇樹は慌てて虫かごをソファの下に隠した。以前、トカゲを入れた虫かごを置きっぱなしにしたら、なくなっていたことがあった。次の日、庭の奥で、身体を切り刻まれたトカゲと潰れた虫かごが見つかった。

秋生《あきお》がリビングに入ってきた。勇樹など目に入らないような態度でダイニングテーブルの方へ行きかけたが、思い直したように左に曲がってキッチンに入っていく。冷蔵庫の扉の開閉音がして、戻ってきたときには手にドリンク缶を持っていた。

勇樹は秋生がソファに座らないようにと祈りながら動きを目で追った。秋生がダイニングテーブルに寄り、勇樹のために用意してあったクッキーを摘《つ》まんで廊下に出ていくと、ほっと小さな吐息を洩らした。そのまま動かずに、リビングの上の吹き抜けを見上げる。しばらくして二階の廊下の手摺壁《てすりかべ》越しに秋生の頭が移動していくのが見えた。

勇樹は秋生の部屋のドアが閉まった音を聞いてから、虫かごを取り出した。床にぺたりと座ると、腹ばいになって虫かごを覗き込む。トカゲが勇樹を見上げるようにして、下の瞼《まぶた》をゆっくりと動かし目を閉じた。

3　亮子　午後四時二十七分

亮子《りようこ》はハザードランプを点《つ》けて歩道の脇にメルセデスを停めた。串田孝明《くしだたかあき》が助手席に乗ってきた。液晶画面のデジタル時計で、勇樹に約束をした五時半まで一時間あるのを確認する。

「急に呼び出して、ごめんね」亮子は右のウインカーを点けながら言った。

「今日の受け持ちは七時からなので、それまでは大丈夫だよ」串田の声は笑いを含んでいた。

亮子は無言で五分ほど運転し続け、大きな緑地の横で停めた。路肩が広く、よくタクシーや営業車が休憩のために停車しているところだった。

串田が怪訝《けげん》そうに亮子を見たあと、「まさか、ここでってことはないよね」と、茶化すように言った。

「今日でね……」亮子はいったん言葉を切り、あとは一気に言った。「お別れしましょう」

「えっ」と、串田が声を洩らす。しばらく、フロントガラスを見つめる亮子の方に顔を向けたあと、

「何で」と言った。

「こういうことをしていると、辛《つら》くなるのよ。私はそういう性格みたい」

そう言いながら、亮子は身構える。鼓動が速まるのを感じた。

「旦那は浮気のし放題だって言っていたじゃない。罪悪感を覚える必要ないって」

串田の普段の口調に安堵《あんど》する。

「夫に対してはね。でも、子供たちがいるから。もう、このままだと、みんなバラバラになりそうなのよ。ううん、もうそうなっているわね、きっと」

「秋生君のこと?」

「秋生だけじゃないわ。紗月《さつき》のこともよくわからない。下の子だけだわ、何とか理解できるのは」

「秋生君は、予備校行けてるの」串田が話を逸《そ》らした。

「あまり行ってないみたい。最近は何も話さないから……」

「うちの塾では、結構順調に成績を伸ばしていたのにね。高二までは何とか文一《ぶんいち》の可能性があったんだけどな。高三で追い込めば、じゅうぶん行けたと思うけど、逆にやる気を失っちゃったからね。合格の可能性が薄くなってからも、お父さんが東大《とうだい》一本で行けって言っていたわけでしょう。秋生

君もかわいそうだよね」

「最近の秋生を見ていると、本当に受験したのかなって思うときがある」

そう言いながら、本題に戻るきっかけを探した。

「二次試験の会場に行かなかったってこと?」

「ええ。大学にまったく興味がないように感じるのよ」

串田が腕組みをして前を向き、しばらく一人で小さな頷きを繰り返した。

「また、うちの塾に通わせたら、どうかな。今行っているところは東大受験コースがあるんだろうけど、本人がやる気にならないと意味がないからね。僕が秋生君のやる気を引き出してみる」

「あなたとはお終《しま》いにすることに決めたから、それは、ないわ」

言い切ってから、また鼓動が速まる。

「いや、しかし、旦那からのプレッシャーは続くだろうから、受験に詳しい人間が側《そば》にいた方がいいんじゃない?」

串田の視線はフロントガラスに向かったり、亮子を見たりと忙《せわ》しく変わっている。

「それなら、私たちのこと、丸ごと面倒を見てくれる?」

「いや、それは……」

「でしょ。あなたにも家庭があるんだから、それは壊したくないんでしょう?」

「まあ、それは……」

「いろいろ、ありがとう。楽しかったわ」

何とか、このまま終わりにできそうだった。

「うん」串田が下唇を少し突き出しながら小声で返事をしたあと、右手を、亮子の左手に重ねようとしてくる。

「じゃあ、駅の近くまで送るわね」亮子は左手を素早くシフトノブに移した。右のウインカーを出そうとしたとき、フェンダーミラーに赤い点滅が映った。パトカーが通り過ぎるのを待ってから車を出した。そう言えば、さっきから何度かサイレンの音を耳にしていた。

「何かあったのかしら」亮子の呟きに、串田が「えっ」と聞き返してきた。また会話がつながると思ったのかもしれない。

「何でもない」

亮子は冷たく言って、アクセルを踏み込み、そっと吐息を洩らした。

4　秋生　午後四時三十二分

銃身の先に森が見える。走る速度を緩め、その手前で立ち止まる。慎重に歩《ほ》を進める。周囲が薄暗くなる。左右を見回し、敵を警戒する。再び走り出し、木々の間を抜ける。敵の気配がして立ち止まる。スコープを使って敵を探す。

「いた」大きな木の下にある茂みの中だ。狙いを定めて撃つ。一発、二発。「よし」命中した途端に、こちらも撃たれた。だが、まだ大丈夫。命はある。前進して森を抜けると、軍用トラックが見えた。その陰から武装した男が出てくる。狙いを定めて連射する。途端に画面に血が迸《ほとばし》る。横から撃たれたのがわかった。

「ちくしょう」

秋生はヘッドフォンを外し、ゲームを終了させた。

「だめだな、今日は。調子悪ぃ」

椅子の背もたれを倒し、しばらく目を閉じてじっとしていた。

「ムカ……ツク」何もしていないと、昨夜《さくや》のことが脳裏に甦《よみがえ》る。「クソオヤジ」

背もたれを戻す。目の前には二十七インチの液晶モニターが二台並んでいる。マウスを引き寄せ、左手をキーボードに乗せる。

固定電話の着信メロディーが聞こえた。公衆電話からのものだとわかる。家族からなら渋々出るが、そのほかの電話に出る気はなかった。

右側のモニターにブラウザを出した。マウスから手を離し、音楽プレーヤーを取りあげて選曲する。スピーカーからマーラーの交響曲第五番が流れ出した。

検索ボックスに、「親殺し」と入れる。すぐに検索結果がリストとなって表示された。

「近頃は、殺人事件の約半数は、親族によるもの……か。俺のやろうとしてんのは、ありきたりってことか」口に出して言ってから、わざとらしく大きなため息をつく。

「まあ、いいや」と呟き、検索結果をスクロールしていく。「浪人生が両親を就寝中に金属バットで殴打し、殺害――いるんだよ、やっぱり、同じような奴《やつ》が」小刻みに頷きながら、独り言を続ける。「最初は、強盗に入られたと証言したが、のちに犯行を認めた、か。こいつは殺す前から強盗の話を用意していたのかな。それとも後づけか。計画的だったのか、それとも衝動的に殺してしまったあとにごまかそうとしたかだ」

マウスを動かして、左側のモニターに文書作成ソフトの画面を出す。隣のモニターに視線を向け、手をマウスからキーボードに移して〝A　計画的〟と打ち、改行して〝B　衝動的〟と入力した。

「こうやっている段階で、すでに計画的なんだけどな」と笑う。「でも、どこからが計画的ってことになるんだ？　就寝中の犯行ってことは、凶器を用意して、寝るのを待っていたわけだから計画的か。いや、夜中に自分の部屋にいて、親への怒りで頭がいっぱいになることはよくある。部屋にあったバットを手にして親の寝室に行く。これは衝動的か」

ほかの事例も探す。やはり十九歳の大学生が、ナイフで両親を殺害した記事があった。犯行の数日前に刃物を数本買っていたと書いてある。

「こっちは計画的だな。殺意を持ってナイフを買った。そこから時間が経《た》って実行したんだから。てことは、前々から殺意があって、そのために準備をしたかどうかが決め手になりそうだな。とにかく捕まったあとで計画的犯行だとわかるのは最悪だってことだよ。衝動的な犯行だと思わせる場合は、犯人が俺だと特定されているけど、計画的犯行の場合は俺がやったとわからないようにしなければならないんだ。つまり、計画的と衝動的と分けたのが間違いだな。犯人が俺だとわからないようにするか、俺だとわかってしまうけど、衝動的ってことで罪を軽くするかの二つなんだ。要するに完全犯罪を目指すか、それは無理だから、最初から少しでも罪を軽くするように仕向けるかだ」

キーボードを打ち、〝計画的〟を消して、〝完全犯罪〟と書いた。改行して、〝偽装工作／成功すれば逮捕されない／難易度高い〟という言葉を挿入した。

〝衝動的〟のところにカーソルを移し、〝を装う〟と追加した。改行して〝罪を軽くするのが目的／逆送は確実／特定少年／懲役十年以下ならいいか〟とつけ加える。

「罪を軽くする？　変だな。懲役何年とかは罰だろ。罪の重さは変わらない。受ける罰を軽くする、だな」秋生は唇をほとんど動かさず、譫言《うわごと》のように言葉を連ねている。「懲役十年か。十年後はまだ二十代だ。でもなあ、そのあと働けるのかな。前科者だものな。懲役の目標は、もっと短くした方がいい。それには情状酌量ってやつを増やさないとな。それはあとで検討しようか。先《ま》ずは完全犯罪からだ」

完全犯罪と書いたところに戻り、〝偽装工作〟の下に空行《くうぎょう》を作り、先ず〝※自殺を装うのは無理〟と書く。続けて〝（誰も自殺したなど信じないだろう）〟と付記する。

改行して〝①事故に見せかける〟と〝②事件とわかるが、犯人を特定できないようにする〟と書く。

少し考えて、②のあとに〝（他人に罪をなすりつけるのはダメ）〟と追記する。〝難〟という文字もつけ加えた。カーソルを戻し、〝①事故に見せかける〟の横に〇をつけた。

「事故か……。どんな事故があるかな」

〝自宅内／外出先〟と書く。

「家の中で何かあれば、家族は疑われるよな」と呟きながら、〝自宅内〟に取り消し線を入れる。

「外出先で起こるのは、何だ」

〝病死〟と書いて、〝（持病はない）〟とつけ加え、〝×〟を入れる。

〝中毒死〟には〝（薬の入手経路を調べられる）〟と続け、やはり〝×〟とする。

〃焼死〃

「訪問先で火事に遭うってことだよな。偶然を待っていられないから、俺が火をつけるのか。いや、放火はだめだ。他人を巻き添えにするのはＮＧ」と呟き、〃×〃にする。

〃轢死（車、電車）〃

「背中を押すってことか。駅のホームだと、カメラに映るよな。車がスピードを出している道路を渡ろうとしているところを押す？　相当強くぶち当たらないと無理だろう。それにあいつがそんな場所に立つことがあるのか？　これもだめだな」

〃水死（海、川、湖）〃と〃墜落死（ビル、崖）〃を続けて書く。

「突き落とすのか――。どんな状況で？」

（たとえば……）

〃関係修復をするために二人で旅行。渓谷に行き、父親が崖から墜落する〃と書いてみた。

「陳腐だな」と口に出し、Ｃｔｒｌキーと Ｚを同時に押して、入力を取り消す。「うーん」しばらく考えて、今度はＣｔｒｌキーとＹを同時に押して、取り消した文章を再び表示させた。

「やっぱり、不自然だな」

Ｃｔｒｌ＋Ｚで、文章を消す。

「リアルな世界でも、これができればいいんだよ。キャンセルと再実行」

秋生は何かうまくいかなかったとき、頭の中でキャンセルキーを探してしまうことがある。決まって、「ないんだ。不便だよな」と呟くのだ。

「どんな事故でも、現場の近くに俺がいたら、一応は疑われるよな。そうなったら、きっとバレちまう。やっぱり難しいよ」

箇条書きに書き連ねた文を最初から見ていく。読み終わってのけ反る。「それに何だよ。これじゃ、普通の殺人計画だ。違うんだ、親殺しってのは」呟いて、背もたれに体重をかけて天井を見上げる。

「えっ、何が違うんだよ」自問する。「だいたい、普通の殺人なんてないんだよ。分けるとしたら、他人殺しと、親族殺しかな。で、何が違うんだ。俺は何が違うと思って、違うなんて言ったんだ?」

ヘッドレストへ後頭部を何度も当てて自問自答を繰り返す。「他人殺しは、だいたい金目当てか痴情怨恨だろ。それから快楽殺人か。無差別ってのもあるけど、それはおいておくか。親殺しは、怨恨と言えば怨恨か。怨恨の種類が違う? 他人の場合は、嫌なら相手から遠ざかればいいけど、親の場合、そうはいかない。そうなんだよ、親殺しは、やむに已《や》まれず、なんだ。そこが違う。違うから、何だって言うんだ? 計画を立てちゃいけないのか? 俺はそう思ったんだよな、きっと。親殺しに計画的犯行は似合わないって。やむに已まれぬだから、衝動的の方が相応《ふさわ》しい。と言うか、確信犯のイメージか。やらなければならないとか、すべき……信条に従った殺人」

マウスを動かし、〝衝動的を装う〟のところにカーソルを当てた。

「完全犯罪は無理だ。だったら最初から衝動的ってことにして、短い懲役で済むようにした方がいいな。ただし、衝動的と言っても、本当はちゃんと計画を立てなきゃならない。つまり、計画的衝動殺人」

Wを五つとHを、それぞれ改行して打つ。皮肉な笑みを浮かべる。中学生のとき、何かやろうとしたら5W1Hを考えろと、父親にしつこく言われ、以来習慣になっている。考えてみれば、小学生のときも英語は使っていなかったが、同じことを言われていた。洗脳みたいなものだった。先ず目的を吟味しろ。達成したいことは何なのかを具体的に考えろ。その目的を達成するための5W1Hを考えるんだ。目的とWhatを混同するな、Howを目的にするなとも言われた。目的は動かない。5W1Hは柔軟に動かせる。可能性がないとなったら別の5W1Hを考えればいい。

何度も、何度も言われてきた。

「あんたが教えてくれたメソッドで、あんたを殺すという目的の計画を立ててやるよ」

マウスを操作して、Hを先頭に持ってきた。「一番大事なのはHowだな」歌うように言った。

※凶器は身近にあるものでなければならない。

○刺殺　包丁・ナイフ（家に殺傷能力のあるナイフはない）・キリ

○絞殺　ネクタイ・たこ糸・ビニール紐・麻縄

○殴打　ゴルフクラブ・バット・花瓶・石

「バットはなかった」と苦笑し、ネットで調べた記事につられて書いてしまった文字を消した。

交響曲の中に固定電話の着信メロディーが割り込んできた。今度も公衆電話だった。スピーカーの音量をあげていても、気になるものは気になる。ため息をつきながら留守番電話に切り替わるのを待つ。留守番電話のメッセージが流れた途端に切れたようだった。

モニターに目を戻す。Whenの項目には、就寝時と書いた。どの方法でも抵抗されたら、やり遂げるのは難しい、Whereには寝室と入れる。Whatは書くまでもない。

「問題はWhyだ。動機次第で量刑が違ってくるよな」

やむに已まれぬ思いが伝わるかどうかだ。裁判の判決文では、身勝手な理由には厳しい量刑が下されている。逆に親から虐待を受けていれば、情状が酌量されるようだ。

(うちも虐待だよな)

肉体的な虐待は受けなかったが、精神的な虐待を受けてきた。馬鹿呼ばわりされたのはモラハラに該当するはずだ。

(これで、量刑はどうなるかだな)

十九歳は特定少年だから、検察官に逆送されて成人と同じく刑事裁判にかけられるのは間違いない。十八歳未満の未成年とは根本的に違う。父親から解放される喜びと量刑とを天秤《てんびん》にかけ、どちらに傾くかを想像してみる。

秋生は椅子の背もたれに身体を深く預けると、両手を頭の後ろに回した。しばらくそうしていたあと、身体を起こし、「ああー」と大声を出した。

短く吐息をつくと、文章ファイルを閉じて暗号化した。

5　勇樹　午後五時十五分

秋生の部屋から流れている音楽の中に叫び声が聞こえ、勇樹は二階を見上げた。すぐに、よくあること、という顔をして壁掛け時計に視線を移した。あと十五分で五時半だった。

(どこに、かくれようかな)

勇樹は母親が出かけている間に、どこかで隠れて待ち、突然出ていって驚かすという遊びが好きだった。今も、頭の中に一階の間取りを描いてみて、どこがいいかと考えている。

この家の一階には東西方向に長い廊下が通っており、南側の居室スペースと北側の非居室スペースを分けている。上から見れば、多少の出っ張り引っ込みはあるが、ほぼ長方形になっている。

北側には、西から階段室、玄関、ストックルーム、トイレ、浴室と並び、パントリーを通って突き当たりがキッチンになる。

南側の西端には応接室があり、間仕切り壁を隔てて和室、リビング、ダイニングが一体となった広い部屋がある。和室とリビングの間は収納式の引き戸で区切れるが、普段は開放されている。東の端にあるダイニングの北側がキッチンとなり、間にオープンカウンターがある。

勇樹はこれまでに隠れた場所を消していった。浴室の一角にあるサウナ、玄関と階段の間にあるコート掛け、玄関横のシューズクローク——。

(あっ)一番隠れやすいところをまだ使っていないと思った。

勇樹はリビングの続き部屋になっている和室に入った。押し入れの前に立ち、幅広の襖《ふすま》を開けた。下段には座布団が二列と座椅子が収まっている。座布団と座椅子の間に身体をねじ込ませて奥まで入り、背中を壁につけて足を座布団に当てると、つっぱって空間を広げた。

勇樹はいったん押し入れを出ると、虫かごを手にして再び入る。襖を閉めると真っ暗になった。トカゲの三号とともに、さっき作った空間に身を滑らせる。

「ママが帰ってきたら、ぼくのことをさがすんだよ」三号に話しかける。「勇ちゃん、どこって。だんだんね、おこってくるんだ。もう、どこにいるの、出てらっしゃいって」

膝を抱えるようにして、そこに虫かごを載せ、三号に向かって内緒話をしているように言う。

「出てらっしゃいって三回言ったら、出ていこうか。こんなところにいると思っていないから、おどろくよ、きっと」

もう五時半は過ぎている頃だった。

「まだかな、まだかな」

数分もすると、勇樹は身体を少し揺らしながら歌うように唱え出した。

6　亮子　午後五時四十一分

家が近づくにつれて車の流れが悪くなっていく。五時半をすでに回っていた。反対車線も混んでいて、方々で苛立《いらだ》たし気なクラクションの音がする。

またパトカーのサイレンが鳴っている。しかも違う方向からいくつも聞こえてくる。

エアコンが効き過ぎてきた。七分袖から出ている腕に鳥肌が立っていた。亮子は冷風の向きを変えた。その手で左折のウインカーを点けた。

車は住宅街に入った。しばらく行って右折。対向車が見えて、亮子はため息を洩らした。向こうはコンパクトカーで、特に減速する気配がない。亮子は止まりそうなほど減速して、すれ違うときは、ドアミラーを畳んでやり過ごした。

「だから嫌なのよ、この道は」

その後も右左折を繰り返し、やっと自宅が見えるところまで来たときには六時近かった。

リモコンで車用のシャッターを開けて中に入る。一度切り返して、夫が遊びで乗るツーシーターのスポーツカーの位置をモニターで確認してから、バックで駐車スペースに入れた。シャッターが閉じ始め、センサーライトが点《とも》る。

車外に出て、バッグから家のカードキーを出しながら玄関に向かう。ドアハンドルにあるセンサーにカードをかざし、解錠音がしたとき、すぐ近くで砂を踏む音がして同時に嫌な匂いがした。振り返ろうとした途端に、背後から口を塞がれ身体を押さえつけられた。

「ドアを開けろ」しゃがれた男の声がした。「早くしろ」

亮子は悲鳴をあげたが男の手で蓋をされ、くぐもった声が洩れただけだった。喉に、きな臭い匂いが漂う銃口を押しつけられた。

「早く開けろ。殺すぞ」男は肘で亮子の腕を挟みながら言った。

亮子は震える手でドアハンドルを引いた。男が足を差し入れ、腰でドアを支えると、亮子を玄関に押し込んだ。

「ようし、あがれ」

男に口を塞がれたまま、靴を脱ぎ捨てて上がり框《かまち》の上に立つ。

「ガムテープはどこにある。案内しろ」

亮子は玄関ホールの横にあるストックルームの前まで行き、引き戸を開けた。中は三面が棚になっていて、ガムテープは入り口の近くに五個並んでいた。

「そいつを二十センチぐらい出して切れ」

亮子が言う通りにすると、男はそれを彼女の口に貼った。そして後ろ手にすると、手首をガムテープで何重にも巻いた。

ストックルームを出て廊下に戻ると、男に押されてリビングに入った。肩を押さえつけられ、床に膝を突いたところで仰向けに押し倒される。初めて男の顔が目に入った。

グレーの帽子の下に細く小さな目があった。脂汗で光っている鼻柱は太く、小鼻が横に張っている。唇は厚く、紅《あか》く濡《ぬ》れているようだ。顔色は青白く、頰や口の周りの無精髭《ぶしょうひげ》が目立っている。年齢は四十歳くらいに見えた。

足が乱暴に引っ張られ、フレアスカートが捲《めく》れて腿《もも》が半分露《あらわ》になった。無骨な手が素足の足首を摑《つか》んでくる。脚をばたつかせたが、何の抵抗にもならなかった。男の膝で脚を押さえつけられ、足首にガムテープを巻きつけられた。

男の顎から汗が滴り落ち、フローリングの床に小さな水たまりを作った。亮子も全身に汗をかき、白い麻のブラウスが背中に張りついていた。

男が二階を見上げる。リビングの上は吹き抜けになっており、今はマーラーの交響曲第五番が洩れてきている。

亮子は踵《かかと》で床を押し、身体を上にずらしてスカートの裾を直そうとした。

男は廊下に出て、階段をあがっていった。

7　秋生　午後五時四十九分

交響曲の調べは第五楽章に入っていた。フィナーレに向けた音の圧力に押されて、秋生はキーボードに指を乗せた。文書ファイルを解凍して表示させる。Ｗｈｙと書いた箇所に改行を入れる。

「自分の希望を親に反対されたから、というのはだめだな。身勝手な理由になってしまう。だから、これまでにどれだけ精神的な苦痛を受けてきたかを訴えないと……」

キーを叩《たた》き、〝幼少期から〟と書き始めたが、すぐに止まった。先が続かない。ため息を洩らして印刷ボタンをクリックする。パソコンの文書ファイルなら暗号化すれば人目につかないからと思っていたが、作文をするときは手書きの方がいい。勉強するときには、自分のノートを作れと小学生の頃から父親に言われていた。参考書に書かれている赤字を赤シートで隠して覚えようとすると取りあげられ、自分でノートに書いて覚えろと言われてきた。だから考えるときは、やはり手で書いていかないとまとまらないのだ。

手書きで考えをまとめて、それをパソコンに入力したら、紙の方はシュレッダーにかければ問題ない。プリンターから出てきた用紙を手にしながらそう思った。

キーボードを奥に押しやり、空いたスペースに紙を並べるとシャープペンシルを手に取った。そのとき、ドアを開けようとする音がした。秋生が自分でつけた鍵がかろうじて阻止している。秋生は急いで紙をまとめて裏返し、交響曲の音に負けない大声で、「何だよ」と叫んだ。

母親の開け方ではなかった。父親が帰ってきたのかと思ったとき、いきなり衝撃音とともに鍵が吹き飛び、ドアが内側へ勢いよく開いた。

知らない男が飛び込んできて、拳銃を突きつけてきた。

「よおし、おとなしくしてりゃ、命まではとらねえ。下におりろ」男は顎で廊下に出るように促した。

「誰だ、おまえ」秋生は椅子の肘掛けを握りながら叫んだ。

「いいから、早くしろ」男が拳銃を振って廊下を示した。

「わあああ」

秋生は大声をあげて男に突進していった。相手に手が届く前に頭を銃把《じゆうは》で殴られた。目が眩《くら》み、蹲《うずくま》る。二の腕を蹴られ、横倒しになる。本棚にぶつかり、大量のマンガ本とフィギュアが落ちてくる。そこへ容赦のない蹴りが繰り返し襲ってきて、最後は胸倉を摑まれて顔を殴られ、口元から血が流れてきた。

「今度騒ぎやがったら、ぶっ殺すぞ」

男が秋生を後ろ手にして、手首をガムテープで何重にも巻く。秋生は目を見開き、唸り声を出しながら首を激しく振った。嫌な記憶がフラッシュバックしてきて抑えが利かなくなる。男の膝がうつぶせにされた脹脛《ふくらはぎ》の上に乗る。足首にもガムテープが巻かれる。

秋生の唸り声が叫びに変わる。男が秋生の身体をひっくり返し、頬を二度殴りつける。「黙れ」と怒鳴り、秋生の口にガムテープを貼った。

秋生はくぐもった唸り声をあげ、頭を振り続ける。

男は秋生の襟の後ろを摑んで廊下まで引きずっていくと、放り出して、隣の紗月の部屋へ入っていった。二階には六部屋あるが、そのすべてのドアが開いていた。秋生の部屋のドアを蹴破る前に、ほかの部屋を調べたのだろう。今はあらためて、それぞれの部屋の照明を点けて念入りに見ているようだ。

最後に突き当たりの書斎から出てきて秋生のところに戻ってきた。「よし」と言いながら、秋生の襟首を持ちあげて引きずり、そのまま階段をおりていく。ポロシャツの衿が首に食い込んでくる。

秋生は必死に頭をあげて後頭部を守ろうとしたが、背中や腰は段板の衝撃をまともに受ける。唸りが叫びになり、罵倒する言葉を口にするが、テープに塞がれてくぐもった唸り声にしかならない。階段をおりきり、さらに引きずられてリビングに転がされた。

8　亮子　午後六時三分

亮子は身体を捻って、床に転がされた秋生を見た。口元に血が滲《にじ》み、目から頬骨のあたりが腫れあがっていた。薄黄色のポロシャツは首のところで輪のようになっている。

秋生は十歳のときに誘拐されたことがある。二日目に解放されたものの、その間は縛られて部屋に閉じ込められていたらしい。以来、身体を拘束されることに極端な拒絶反応を起こすようになった。今も目を大きく見開き、頭を小刻みに動かして興奮状態になっている。

男がドアの横の壁についているインターフォンと警備会社につながっているセキュリティシステムの操作盤の前へ行き、液晶画面を覗き込んだ。秋生が在宅していたから、警戒モードは解除したままだ。男は頷いて、今度はすぐ隣にあるキャビネットを覗き込むようにした。そこには固定電話と防犯カメラ用のモニターが置かれている。キャビネットの奥に手を入れて、固定電話の電源コードを引き抜いた。コードを放るようにして横の壁掛けテレビの前に移動した。テレビの下にあるローボードに手を伸ばすと、リモコンを取ってソファの上で胡坐《あぐら》をかいた。土足ではないのが意外だった。

男はテレビをつけてチャンネルを切り替えていく。報道番組のところで手を止めた。

日米の外相会談の様子が流れたあと、画面下に〝世田谷区の住宅地で発砲事件〟というキャプションが表示され、アナウンサーのアップになった。

『今日午後、東京都世田谷区の住宅地で、男性三人が拳銃のようなもので撃たれ、一人が死亡しました。三人を撃った男は、現在も逃走中です』とアナウンサーが言ったあと、現場と思われる映像に切り替わった。

『今日午後三時半頃、東京都世田谷区東烏山《ひがしからすやま》三丁目の住宅の敷地内で、この家に住む柴崎裕造《しばさきゆうぞう》さんと、柴崎さんが経営する会社の社員二名が、何者かに拳銃のようなもので撃たれました』

画面には規制テープと、その向こう側にある立派な門構えの住宅が映し出されている。犯行現場は門の中のようだった。『柴崎さんはエスワイリサーチ株式会社の会長で、新宿にある会社から社有車で帰宅した直後の出来事でした』

敷地の内外では捜査関係者と思われる人たちが大勢動いている様子が映っている。カメラが引いてくると、規制テープの外側に報道陣が陣取り、さらにその周りに野次馬が群がっているのも見えてきた。

『警察によりますと、運転手の高橋靖夫《たかはしやすお》さんが先におりて後部座席のドアを開け、柴崎さんが車をおりたところへ、敷地内に侵入してきた男がいきなり拳銃のようなもので二発続けて発砲したとのことです。直後に、助手席に同乗していた秘書の男性が男を捕まえようとしたところ、男は男性を撃って逃走しました』

アナウンサーの声が続く。『一発目は柴崎さんの肩に当たり、二発目は、高橋さんの胸に当たりました。秘書の男性は腕を撃たれました。三人は救急車で病院に搬送されましたが、柴崎さんは搬送時意識があり、重傷ですが命に別状はないとのことです。高橋さんは、搬送後に死亡が確認されました。死因は胸部を撃たれたことによる失血死と見られます。秘書の男性は腕を撃たれましたが、命に別状はないということです』

画面が、現場から離れて周囲の道路に切り替わる。

『目撃者によりますと、容疑者の男は近くに停めてあった青いクーペタイプの車に乗って東方向へ走り去ったということです。男は身長が百七十センチから百八十センチで、中肉。白いジャンパーにブルージーンズを穿《は》き、紺色の帽子に白いマスクをしていました』

画面には、被害者宅の防犯カメラの映像を切り取ったと思われる、犯人の画像が映っている。帽子を目深《まぶか》に被《かぶ》っているせいで、目元は映っていなかった。

『怒鳴り声がしたので、何だろうと思って表に出てみたんですがね。いえ、銃声のようなものは聞こえませんでした』画面には男性の胸元が映っている。近所の人に話を聞いているのだ。『柴崎さんの家から男の人が走って出てきて、たぶん犯人を追っていたんでしょうけど。あのお宅にはいつも若い人がいますからね。いえ、私が外に出たときには、犯人の姿はありませんでした。ここは静かな住宅地ですからね。こんなところで拳銃が使われたなんて、恐《こわ》いですよ』

カメラが現地にいる記者を映し出す。

『男はあちらの門を出て』カメラが記者の背後の、規制テープの向こう側に見える門をアップにしてから、再び記者の姿を映した。『この道を走っていきました』記者が移動し、カメラが追う。記者は時折振り返りながら、容疑者が走った経路を示す。『この先の十字路を左に曲がりました』記者が左折する。五メートルほど行ったところで止まる。路上に警察の現場検証の痕跡と思われる印がいくつか見えた。『男は、この場所に停めていた青いクーペに乗って逃走しました』カメラは車が走り去ったであろう方向を映し出す。『柴崎さんが帰宅する直前に、青い車がこのあたりに停車しているのが目撃されており、容疑者はここで待ち伏せをしていた可能性があります。警察は防犯カメラやドライブレコーダーの映像の分析を進め、青い車や容疑者の行方を捜しています』

画面がスタジオに移る。

『白昼の住宅街で起こった発砲事件ということで周辺の住民の方々は不安を感じていらっしゃるでしょうけれど、この事件にはどんな背景が考えられるでしょうか』キャスターが出演している犯罪ジャーナリストに訊《たず》ねる。

『まだ情報が少ないので断定はしがたいのですが、柴崎さんの帰宅時を狙った犯行なので、かなり下調べを行っていた可能性が高いと思います。いわゆる計画的な犯行ですね。また拳銃のようなものが使われていることから、組織犯罪の可能性もあると思います』

『組織犯罪と言いますと、犯人の個人的な動機ではなく、組織の指示で犯行を行ったとも考えられるということでしょうか』

『そういうことです。捜査は、個人、組織両面の可能性を探りながら進められるでしょう』

『今回は運転手の方が犠牲になられました』

『拳銃というのは、よほど熟練していないと、命中させるのが難しいんですよ。ましてや、犯人は走りながら撃ったということなので、たとえ至近距離でもぶれるんですね』

男は薄ら笑いを浮かべながら、テレビを観《み》ていた。おもむろにグレーの帽子を取り、ソファに投げた。帽子の裏は紺色だった。次いで紺色のジャンパーを脱いで、黒いTシャツ姿になった。ジャンパーの裏は白だった。下は青いジーンズ。そしてこれ見よがしに拳銃を弄《もてあそ》んでいる。発砲事件の犯人の服装と一致していた。

「まあ、そういうことだ」男はそう言って、亮子と秋生を交互に睨みつけた。

男はソファから立ちあがり、キッチンへ入っていった。冷蔵庫を開ける音がして、リビングに戻ってきたときは、右手に包丁、左手に缶ビールを持っていた。包丁をソファの上に投げると、缶ビールを開けて口をつけながら続き部屋の和室に入り、床の間に置かれた壺《つぼ》と掛け軸を眺めたり違い棚に顔を近づけたりしている。廊下への扉を開け、一階の探索を始めたようだ。

数分して戻ってくると、亮子に向かい、「子供は、こいつを入れて」と、秋生を顎で示してから、

「三人だな」

「はい」

二階にある子供部屋を見ているようだからごまかしようがない。

「娘がいるな。どこだ?」

「学校です」

「いつも何時ごろ帰ってくるんだ?」

「まちまちです」

「もう一人、ガキもいるだろう。どこにいる?」

勇樹の姿が見えないのは、亮子も気になっていた。勇樹は母親が留守の間に、どこかに隠れて驚かすという遊びが好きだ。今日もおそらくどこかに隠れているのに違いなかった。

男が亮子の口を覆っているガムテープを剝がした。生白いのっぺりとした指が気持ち悪く、頬に

触れた瞬間に虫唾《むしず》が走った。見ると、生白く見えたのは、ぴったりしたビニール手袋をはめているからだった。

玄関にある小さな靴を見られているだろうから、いないというのも通じない。勇樹がどこかに隠れているのなら、ずっとそこにいて、と思った。

「おばあちゃんのところに行っています」亮子は大きな声を出した。「今日は向こうに泊まってくることになっているんです」

「何だと。夏休みは終わっているだろう。おかしいじゃねえか」

「私の父が、もう長くはないんです。今のうちに孫と会っておきたいというから、学校を休ませて行かせたんです」

父が脳梗塞を患い、入院しているのは事実だった。そこから思いついた嘘《うそ》だった。信じて、と願った。

「実家はどこにあるんだ」

「大磯《おおいそ》です」

男が電話台に置いてあったメモ用紙を持ってきた。

「住所を言ってみろ」

「なぜ?」

「いいから、言え。でたらめ言うと承知しねえぞ」男は包丁を亮子の首筋に突きつけてきた。

亮子は震える声で住所を言った。男は電話番号も聞いてメモをした。

勇樹は気が弱い子だ。小学校の担任からは、勉強はまったく問題ありません、ただ、自分に自信が持てないようで、物怖《ものお》じしてしまうのか、積極性がちょっと、と言われている。精神的な成長は遅い方かもしれない。年齢に比べて少し幼い感じがしないでもない。だからかもしれないが、よくからかわれるようだ。夏休みが終わりに近づいたとき、学校に行きたがらない素振りを見せた。本人がはっきり嫌だと言ったわけではなかったけれど、そう感じるところがあった。いじめられてはいないだろうかと不安になり、今度担任に聞いてみようと思っていたところだった。

そんな子だから、今頃はどこか隠れている場所で、恐くて泣いているだろう。じっとしているのが苦手だから、いつまで隠れていられるかが気がかりだった。

「旦那は、何時ごろ帰ってくるんだ？」

亮子が黙っていると、男が「どうなんだ？」と包丁を頰に当ててきた。

「決まっていません。不規則なんです」声が震える。

「帰るときには電話があるのか」

「いいえ」

「本当か？　飯の用意はどうするんだ」

「仕事柄、ほとんど家では食べませんから」

亮子は素っ気なく言った。帰宅するのはたいてい十時以降だ。深夜まで仕事があるという理由で、役所の近くのホテルに泊まると言ってくることもよくある。実際はどこに泊まっているのか、わかったものではない。今日もそのうち、帰れないと連絡が来そうな気がしていた。

そんな事情をこの男に悟られたくないと思い、仕事柄と、言いわけめいたことをつけ足した自分が嫌になる。

男は黙って亮子の口にガムテープを貼り、ソファに戻っていった。缶ビールを一気に飲むと、脱ぎ捨てたジャンパーのポケットからスマートフォンを取り出した。

9　勇樹　午後六時二分

上の方で大きな音がして、勇樹は目が覚めた。何かが激しくぶつかっているようだった。叫び声がした。すぐに秋生だとわかった。息をのんでいると、秋生とは違う男の声が聞こえた。

(パパじゃない)

身体が震えてきた。恐ろしい音が続いている。

(ドロボーだ)

涙がこぼれた。膝を抱え、そこに顔を埋めた。音がするたびに勇樹の身体が硬直する。

しばらくすると、階段をおりる音がした。勇樹の背中は廊下との境の壁についている。壁越しに秋生の唸り声が聞こえてきた。音がリビングへ移動していく。女の人の呻《うめ》くような声もした。

(ママもいる)

涙が激しく流れた。泣き声をあげてはいけない。それはわかった。勇樹は口をきつく閉じ、声が洩れないようにした。

テレビの音が聞こえたあと、誰かが和室に入ってきた。今にも押し入れの襖が開けられそうな気がした。座布団の奥にいるから開けられてもすぐには見えないと思っても、不安で苦しくなり足と尻を小刻みに動かしながら、もっと奥に移動しようとした。その間も涙は止まらなかった。鼻水をすすりあげる音が大きく響いたように感じ、動きを止めてじっとした。今の音がドロボーに聞こえたのではないかと不安になる。畳を踏む音が廊下の方へ移っていった。

しばらくして、「ガキもいるだろう。どこにいる?」と怒鳴る声と、「おばあちゃんのところに行っています。今日は向こうに泊まってくることになっているんです」とこたえる声が聞こえた。

ガキ——が自分を指しているのはわかった。おばあちゃんのところに行っているというのは?

(ママが、うそを言っている)

留守番していてね、と言って出かけたのだから、自分が家にいるのは知っているはずなのに、と考えて、勇樹はようやく母親が嘘をついた意味がわかった。

勇樹はいないことになっているのだから、出てきちゃだめよと言っているのだと。

襖の向こうでは、秋生の苦しそうな呻き声が続いている。

(ドロボーになぐられて、くるしんでいるんだ)

勇樹は目の前の座布団で鼻水を拭った。鼻水をすすりそうになると、顔を座布団に押しつけた。涙は止めどなく溢れ出てくる。

男が母親から家族のことを聞き出している声が聞こえてくる。勇樹は唇をきつく閉じ、嗚咽《おえつ》が洩れるのを抑えた。男の声と言い方は、いかにも恐そうだった。同じような声のアニメの悪役の顔を思い出してしまった。あごに、ごわごわしたひげがあり、眉毛が太く目が三角になっている。男の声が聞こえるたびに、その顔が瞼の裏に浮かび、身体がぴくりと反応してしまう。

ここでじっとしていよう——勇樹は自分に言い聞かせた。

10　紗月　午後五時十三分

「それ、今読んでいるの？」真由《まゆ》がテーブルの上の文庫本に手を伸ばしてきた。「聞いたことないよ、こんな作家」

「最近は、みんなが読まないような人の小説を探して読んでいるかな」紗月はブラックコーヒーのカップを置いた。「読者が多い作家は、無意識の内に読者を意識するんじゃないかなって気がして」

「どういうこと？」

カフェの店員が隣のテーブルの食器を片付けに来たので、紗月はそれが終わるのを待ってから言った。

「どう読まれるか、とか、期待にこたえようとか、逆に期待を裏切ってみようとか。とにかく作品に余計な要素が、無意識に入り込んでくる気がしちゃうのよね」

「でも、そう考えるのが当然じゃない？」

「エンターテインメントの小説はね。私の読みたいのはそういうのとは違うから」

「それは知っているけど、でも、紗月の読む本、だんだん読後感が悪い方、悪い方に行っている気がする」

「調和する小説って、読む意味がないんだよね」

「変なの」そう言いながらも、真由は笑みを浮かべている。「この前借りた本、読んだけど、あれポルノ小説なんじゃないの」

「根本的に違う。性描写が目的なんじゃなくて、性を通さなければ描けないものだから」

「まあいいわ。紗月のそういうとこ、ついていけないから。後藤《ごとう》さんとは、本の趣味も合っているの？」

「うん、そういう感性は大事だからね」

「だから、うまくいってるんだ」

「うん。でね、妊娠しちゃった」

「嘘でしょ」

「ほんとだよ。今たぶん、三ヶ月」紗月は、おととい妊娠試験薬で調べたとつけ加えた。

「どうすんの？　高校に入ったばっかじゃん」

「やめなきゃね」

「ちょっと待って、産むつもりなの？」

「うん。うちの家族を見ていると絶望感しかないから、家庭なんて持ちたくなかったんだけど、子供とならおもしろい関係が作れそうじゃない」

「後藤さん、知っているの？」

「まだ、話してない」

「知ったら、逃げていくよ、きっと」

「彼はその辺にいる大学生とは違うよ」

「起業しているからって言うんでしょ？　でも、会社経営していても、ずるい男はいっぱいいるんじゃない？」

「会社持っているからっていうんじゃなくてね、うまく言えないけど」

「お母さんがスペインの人なんでしょう？　情熱的だけど飽きっぽいんじゃない？」

「それは偏見」

「何かあったじゃない。ええと、イギリス人は歩きながら考える、スペイン人は走ってしまったあとで考えるとか」

「彼はね、どっちかって言うと、半分考えたあとで走り出し、走ってしまったあとで残り半分を考えるってタイプかな」

「ほら、やっぱり、当てにならないタイプなんじゃないの」

「半分というのは、行動する前にリスクをあれこれ考えないってことなのよ。で、リスクが現実になっても、一瞬もめげずに克服しようとする。そんな感じの人。だから見ていてハラハラするけど、一緒に乗り越えていこうという気持ちになるのよね」

「単なるオプチミストという気がするけどね。紗月は素晴らしい能力を持っているけど、男を見る目だけは大丈夫かなって心配。でも、これからどうすんの？　親は許さないでしょ」

「話も聞いてくれないよ。だから、その前に家を出る」

「いつ？」

「今晩。私と赤ちゃんを守るためには、それしかないもの。ちょっと彼に話してくるね」紗月はスマートフォンを持って、カフェの外に出た。

電話を終えて、戻ってくると、真由が黙って見つめてきた。

「今夜十一時に家を出ることにした。彼が迎えに来てくれる」

「後藤さんって、やっぱり安請け合いするんだね。今まで順調だったからよかったけど、何か面倒なことがあると、簡単に逃げるかもしれないよ」

「真由はほんとに、彼には厳しいね」

「紗月が騙《だま》されるのを見たくないだけ。ね、どんなことがあっても、私は紗月の側にいるからね。それ忘れないでよ」

「もう。大丈夫だって」

「で、後藤さん、どうやって来るの？　ピンポンって？　お嬢さんをいただきに来ました、とか？　そこまでするなら信用できるけど」

「まさか。家出よ、家出。いつかはそうなると思っていたけど、今がそれ」

「で、そのあとは？　ずっと帰らないつもり？」

「当たり前でしょ。あんなところ」

「もう二人とも、ぶっ飛んでるよね。紗月は高校も大学も行かないつもりなの？」

「自分のための勉強はするつもりだけど、学校にはこだわらない。知りたいことは調べればわかるし、先生に習う必要はないじゃない。ちゃんとした先生の話を聴きたいときはオープンセミナーとかがあるし。この前も短歌の講義があったから聴きに行ったんだけど、学校の授業なんか問題にならないくらいずっと深いところまで教えてくれたよ」

「紗月は短歌得意だもんね。即興でちょいちょいって作ってしまうし。高校の先生の上をいっているんだから、授業なんかつまんないのはわかる。でもさ、中卒になっちゃうよ」

「高校とか大学を出ないと資格をもらえない仕事に就きたいんだったら別だけど、私はそうじゃないから学歴は関係ない」

「でもさ」

「学歴が必要な人は学校へ行けばいいんだよ。でも、大半の人は学校で習ったことを覚えていないんだよ。それより自分で調べた方が身につくと思わない？」

「うーん」

「真由は成績いいから、そういうの考えたことないと思うけど。この前のテストも学年で一番だったでしょ」

「何言ってんの。中学のときは紗月がいつも一番だったじゃない。本気出せば、紗月がトップだって知ってるもん。でもさ、学校は勉強だけじゃないじゃん」

「集団の中で社会性を養うとか、馬鹿な大人たちみたいなこと言わないでよ。集団とか社会とか、学校じゃなくてもいっぱいあるんだから」

「違う、違う。勉強以外にもいろんな楽しいこともあると思って」

「部活とか？　でもそれは、学校じゃなくてもいいんだよね。同年代で集まる必要もないし」

「でもやっぱりもったいないな。紗月ならいくらでも好きな大学に行けるのに」

「行きたい大学がないもの。プロを目指しているスポーツ選手とか、将棋や囲碁の世界で中高生の頃からプロとして活動している人が高校行かなかったり、中退したりしても、ああそうかと思うでしょう？」

「学歴がなくても生きていける才能を持っているからね」

「それと同じなのよ。ほかのことでも、学歴がなくても生きていけるスキルがあるなら学校は必要ないって」

「そういうもの？」

「今彼の仕事を手伝っているの。高校も大学も出てないけど、ちゃんと役に立っていると思うよ。仕事をしている方がいろんなことを学べる。だって、昔は高校の進学率は今みたいに高くなかったんだよ。もっと前には中学へ進学する人も少なかったんだよ。でも、立派な仕事をした人はたくさんいたわけでしょう。みんな高校に行くのは当たり前だと思っているけど、全然そんなことはない。日本は飛び級ってあまりないけど、社会への飛び級ならできるものね」

「社会への飛び級？」　つまり、中退ってこと？」

「そう。ね、エイジズムって知っている？

「ううん、知らない」

「年齢差別って訳されていて、だいたいは高齢者が就職で不利になるようなことを言うんだけど、若いってだけで制限されているのも差別だと思わない？」

「差別？」

「男女雇用機会均等法ってあるでしょ」

「公民でやったね」

「あれは女性差別をなくすために法律を作ったわけでしょ。人種差別もしょっちゅう問題になっているし、ＬＧＢＴへの偏見とかも取りあげられているけど、そういうのに比べたら、若いからだめだっていう差別は、あんまり話題にならないよね」

「選挙権は十八歳からになったじゃん」

「結婚できるのは男女とも十八歳になっちゃった。今までは、親の同意が必要だけど、女性は十六歳でできたのに。でも、結婚という形式には拘《こだわ》るつもりはないけどね」

「何歳以上じゃないとだめって、何であるのかな」

「お酒や煙草《たばこ》は、まだ身体が成長途中だってことかな。選挙とか運転免許は、まだちゃんとした判断ができないってことでしょ。結婚もまだ成熟した考え方ができないとか、経済的に自立していないとかなんじゃない？　未成年が犯罪をおかしても重罪にはならないとか、何歳未満への性交は犯罪になるとか、子供を守っているって感覚もあるんでしょ」

「紗月は何が不満なの」

「成熟度合いなんて、人によって違うでしょ。単純に年齢で区切って欲しくないの。若いってだけで、考え方が浅いとか、言われたくないのよ。経済的に無理だって決めつけないでよって」

「ふうん。後藤さんは高校生のときから会社を作っていたって言うし、お金には困らないのね」

「もちろん私も一緒に働くよ。最初はそんなに余裕はないかもしれないけど、生活していけないことはないから」

「子供を産むのもそういう感覚？　育てられるから、大丈夫って」

「子供と一緒にできることがあるかもしれないでしょう。それなら早く産む方がいいもの。年が近いから」

「危険、危険。その考え方は危険よ。子供を縛っちゃうじゃん」

「そんなことないよ。子供の考えは尊重するんだから」

「紗月は親に絶望しているでしょう。だから自分はいい親になれると思っている。そして子供といい関係になれるとも思っている。でもそれは、子供を自分のいいように育てようとしているんじゃない？　子供にしたら、迷惑」

「それは……」紗月はこたえに窮した。真由はときどき、ズバリと意見を言ってくれる。

「うちの親もそういうとこ、あんのよ。うちのお姉ちゃん、今大学生だけど、ママが周りから、姉妹みたいねって言われるのを喜んでいる。ママは子供と友達みたいな関係になるのがいいって思っているみたいで、私にもそうやってくるのよね。こっちも適当に合わせているんだけど、結構しんどいもん」

「そうだよね」親は環境を与えるだけ。親子の関係は、二人の個性のぶつかり合いで決まる。「私が親に感じているような感情を、自分の子供には持たせたくないと思ったんだけど、あんまり意識すると、危険かもね」

「紗月がこれからどうなっていくのか、すごく不安なんだけど、私は最後まで味方だからね」真由が右手の拳を突き出した。

11　健治　午後六時二十一分

すれ違う部下たちが口々に、お疲れさまです、と頭をさげていく。心なしか、これで今日はこの上司の顔を見ずに済むと、安堵の表情を宿しているようにも見える。健治《けんじ》は皮肉を込めた横目で挨拶を返しながら経済産業政策局を出た。

「合田《ごうだ》課長、お帰りですか」

廊下で他課の職員から声をかけられた。ファイルをいくつか抱え、用があるような顔つきだった。

「ああ。急ぎか」

「いえ、明日伺います。お疲れさまでした」

健治は鷹揚《おうよう》に右手をあげてエレベーターホールへ向かった。

ケージの中で、さて今晩はどうするかと思案した。端《はな》から家に帰る気はなかった。菜緒《なお》を呼び出して食事をし、そのまま彼女のところへ行くか。

一階でエレベーターをおりると、スマートフォンを取り出す。

「すぐに出られるか？　飯でも食いに行こう」

「えっ、これから？」菜緒が珍しく戸惑った口調で返してきた。いつもなら二つ返事なのに。

「七時に銀座《ぎんざ》でどうだ」

「何だか、機嫌が悪そうね」

やはり、わかってしまうか。昨夜の秋生とのやりとりを思い出し、家に帰る気がしなかった。その気分が声に出たのだ。

「まあ、そうだ。で？」

「わかったわ。銀座のいつものところでいいのね？」

健治は通話を終えると、タクシーを拾った。

シートに座って行き先を告げたあと、大きく吐息をついて左手の甲を見た。大き目の絆創膏《ばんそうこう》が貼ってある。昨夜、秋生にペーパーナイフで傷つけられたものだ。

帰宅したのは午後十一時頃だった。多少のアルコールは入っていた。何気なく郵便受けに目をやると、珍しく郵便物が残っていた。取り出して見ると、秋生宛てで差出元は予備校だった。模試の結果が送られてきたのだとわかった。予備校に通い始めてから、秋生は成績に関するものを見せなくなっていた。書斎に持ち込んで開封した。志望校と志望学部を五つまで挙げて、それぞれの合格可能性が示されていた。舌打ちが出た。秋生の部屋へ行った。いきなりドアを開けようとしたが、鍵がかかっている。

「秋生、開けろ」ドアを叩く。

無言で抵抗してきた。健治はなおも叩いた。亮子が階段をあがってきた。

ようやく秋生がドアを開けた。

「何?」

ふてくされた態度だった。いつからこいつは、こんな負け犬になったのだと、無性に腹が立った。

「何だ、この志望校は」

「行きたいところを書いただけだけど」

「それがグラフィックデザインだというのか。わけがわからない。しかも私立じゃないか」

「だから、俺はそういうとこに行きたいんだよ」

「いつから負け犬になったんだ」

「負け犬なんて思わない」

「東大は受けないつもりか」

「無理だよ」

「一年死ぬ気でやれば、無理じゃない。勉強とはそんなもんだ」

「死ぬ気でやる気が起きないんだよ」

「おまえ、一生、三流大学出の肩書がついて回るんだぞ」

「三流なんて思っていないし、別にそう思われても構わない。自分の息子が東大出じゃないと、そんなに困るのかよ。持ち物をブランド品で揃《そろ》えるのと一緒か。俺は持ち物じゃないんだ」

「誰が金を出していると思っているんだ」

「だから、子供は持ち物と一緒ってわけ」

「おまえが苦労するんだぞ。親が子供の将来を考えるのは当然だ」

「子供がやりたいことを聞きもしないくせに、親父面《おやじづら》するな」

我慢できずに、秋生を平手打ちした。

秋生がよろめいて、机に腰をぶつける。机の上に手を突き、何かを握って叫びながら飛びかかってきた。

健治は咄嗟《とっさ》に左手を出して防いだ。手の甲に痛みが走る。構わずに秋生の腕を摑み、右の肘で動きを制した。まだ、自堕落な生活をしている息子より腕力がある。

秋生が握っていたペーパーナイフをもぎ取り、床に捨てて言った。

「いいか、そんな大学に入っても、金は出さないからな。覚えとけ」

それ以上、秋生の顔を見たくなくて、部屋を出た。背後で秋生の叫び声と、何かをぶつける音がした。一瞬引き返して怒鳴りつけようとしたが、どこまでエスカレートするかわからないのでやめにした。

「何であんな馬鹿な子に」

つい声に出してしまった。

「お客さん、何か?」運転手がバックミラー越しに言った。

「いや、何でもない」

健治は不愉快さを隠さずにこたえた。

12　秋生　午後六時二十三分

男は玄関の近くにある応接室に入ったようだ。ぼそぼそとした話し声が聞こえてくるから、どこかへ電話をしているのだろう。時々声を荒らげているが、話の内容は聞き取れなかった。

（あいつを殺してやる――）秋生は自由の利かない口の中で呟いていた。

拘束された直後のパニック症状は、どうにか治まってきた。代わりに侵入者への怒りが膨れあがってくる。

殴られた頰が熱を持っていた。左の犬歯の裏側に舌を当ててみた。すぐにわかるほど内側に傾いている。そっと押してみると動いた。根っこは完全に折れているのだとわかる。鉄っぽい味がして、その匂いが口から直《じか》に鼻腔《びこう》を刺激してくる。

リビングダイニングは五十平方メートルほどの長方形で、ダイニングには食卓と椅子六脚、リビングにはソファが一台とアームチェアが三脚置いてある。今は男がアームチェアを和室側に蹴り飛ばし、そこへ秋生と亮子が転がされていた。

秋生は、ソファの上に無造作に放られている拳銃を見た。

（あれで、撃ってやる）

ゲームの中でもシューティングゲームが最も好きで、よく本物の銃を撃つ自分を想像することがある。それが今、目の前に実物がある。こんな状況なら、撃っても正当防衛だ。思考はつい先走ってしまうが、その前に手足の拘束を解かなければならない。秋生はこのままおとなしく転がされているつもりはなかった。どうすればガムテープを切ることができるかを模索していた。

男が戻ってきた。冷蔵庫から缶ビールを持ってきて、ソファの上で胡坐をかいた。一気に呷《あお》るように飲んでから、大きく息を吐いた。ため息のようでもあった。

玄関の解錠音がして、ドアの開く音が続いた。紗月が帰ってきたのだ。

亮子が何かを叫ぼうとしているのだが、喉が鳴るだけで声にならない。男がソファから素早く立ちあがって開けっぱなしになっているリビングのドアに身を寄せ、廊下の気配を窺《うかが》う。

秋生は膝を曲げ、足首を手に近づける。指を伸ばしてガムテープに触ろうとする。日頃の運動不足が祟《たた》ったのか、身体がすっかり硬くなっている。届きそうで届かなかった。

玄関では靴を脱ぐ気配がしている。亮子がまだ唸り続けているが、紗月が気づいた様子はない。

男が玄関の方を覗き込むと、廊下へ飛び出していった。

短い悲鳴に続いて、揉《も》み合う音。

「おとなしくしろ」威圧感のある声がした。

男の手で口を押さえられ、拳銃を喉に突きつけられた紗月がリビングに入ってきた。

紗月が悲鳴をあげたようだったが、喉の奥に押し込められ、呻き声にしかならなかった。目を大きく開いたままで、秋生たちの方を見ている。

「わかったな。騒いだら殺すぞ」

男は紗月を後ろ手にして、手首をガムテープで何度も巻いた。肩を押して床に座らせると、ソックスを脱がせて足首にもガムテープを巻いた。紗月は唇を強く結んでいる。男は最後に、紗月の口にガムテープを貼った。

つけっぱなしのテレビがまた発砲事件を伝えている。事件の概要が報じられたあと、アナウンサーがカメラに目を向けて口調を強めた。『容疑者のその後の足取りに関する情報です。事件からおよそ五分後、現場から二キロメートルほど離れた世田谷区祖師谷西《そしがやにし》一丁目の、信号のない交差点で車同士の衝突事故が発生しました。事故を起こした一台が青いクーペで、容疑者が逃走に使った車とよく似ているとのことです』

画面に地図が出てきて、犯行現場と事故現場に印がつけられている。

『運転手は車を放置したまま姿を消しており、今も見つかっていません。その後の調べで、この車が盗難車だとわかりました。警察は発砲事件との関連を調べています』とアナウンサーが言ったあと、画面がＣＭに変わった。

紗月が亮子に問いかけるような目を向けている。亮子が一度テレビに視線を向けてから、紗月を見て頷き返す。紗月が、男が何者かを理解したような顔つきになった。

男が廊下へ出ていく。戻ってきたときには、ごみ袋を手にしていた。ストックルームから持ってきたらしい。

ソファに座ると、右手を目の前に掲げていろいろな角度から見ている。掌の小指側から白いものが垂れさがっていた。ビニール手袋が破れているのだ。男は指を念入りに見ている。指先が破れていれば、指紋をどこかに残してしまった可能性があるからだろうが、どうやら大丈夫だったようだ。小さく頷き、ビニール手袋を引き剝がすように脱いでごみ袋に入れた。ジャンパーのポケットからビニールの袋を摑み出すと、そこから新しいビニール手袋を抜き取る。

外袋まで持っているということは、逃走途中に思いついて買ったのだろう。その時点でどこかの家に押し入るつもりだったわけだ。そして運悪くうちが狙われたということか。ほかの家より塀が高いから、いったん敷地に侵入してしまえば、周りから見えないと思われたのかもしれない。

(公園から入ったのかも)

この家の西側は公園になっているのだが、敷地境界付近の木々が成長し、木に登れば塀に飛び移れそうになっている。葉が生い茂っているので一見するとわからないが、それでも危険な状態に変わりはない。父親が、区役所に伐採するように要請しているところだった。

男は新しいビニール手袋を着けると、先刻飲み干したビールの空き缶もごみ袋に入れた。ビニール袋から残りのビニール手袋を出してソファに放り投げる。最後に素手で触ったビニール袋をゴミ袋に入れた。

(慎重な奴だな)秋生は胸の内で舌打ちをした。

男はテレビのリモコンを手にして、チャンネルを頻繁に替え始めた。

秋生は手首を絶えず動かし続けていた。少しずつでも緩めていけば、手を抜くことができるかもしれないと思ったのだが、今のところ変化はない。ガムテープが何重にも巻かれているためだ。粗暴な男に見えるが、用心深い性格なのは確かだ。

紗月が秋生を見つめていた。

（何だ？）秋生は目で聞いた。

紗月は何かを言いたげな目で見続けている。何とかできないの、とでも言っているようだ。紗月と目を合わせるのは、何年ぶりかもわからないほどだった。

紗月は中高一貫の女子校に通っているが、中学に入った頃から徐々に家の中で無口になっていった。高校にあがるとほとんど自分からは話をしなくなった。小中学生の頃は、大して勉強している風でもないのに、いつも学年トップの成績だった。頭がいいのは確かで、その分、家族みんなを馬鹿にしているのではないかと感じることがある。いつも本を読んでいるような子だ。まるで本の世界から現実を見ていて、現実を馬鹿にしているようだった。

幼い頃は、家の中では一緒に遊んでいたこともあるが、遠い記憶だった。

紗月が当時のような目で見ている。秋生は小さく頷いた。わかっている、今考えているところだ、という意味を込めた。

何かできるとしたら自分しかいない、という自覚はある。

（でも、どうすりゃいいんだ）

とにかく手と足が自由にならなければ話にならない。

男がテレビのリモコンをソファの上に放り投げて立ちあがった。

秋生は反射的に身体を硬くした。殴られるにしろ、蹴られるにしろ、身体を準備しておけば、少しはダメージが軽減するのがわかった。

男が廊下に出ていく。ドアを開ける音のあとで、水を打つ音が聞こえてきた。ドアを全部開けっ放しにしているのだ。

（あれだけビールを飲めばな）

秋生は身体を横転させて紗月の側に行った。顔を動かし、紗月に向こうを向けと合図を送る。三度目にようやく理解したらしく、紗月が身体を回転させた。秋生も反転し、紗月の手に自分の手首を押しつける。ガムテープをちぎってくれという意味だ。紗月はすぐに理解したようで、指の動きが伝わってくる。

男の放尿音が変わった。

（間に合わない）

秋生は紗月から離れて、さっきとは逆に回転しながら、元の位置に戻った。

トイレから水を流す音がして、足音が近づいてくる。

紗月がこちらに向き直った。首を小刻みに振っている。テープを指では切れないと言っているようだった。向こうも手首を固定されていて、しかも後ろ手になっているから力が入らないのだ。

そのときソファの上のスマートフォンからロッキーのテーマが流れた。男がリビングに戻ってきて電話に出る。

「そうか、わかった。ああ、終わったらまた知らせてくれ。でもよ、そうなると見に行けねえだろどうするんだ」男の声に苛立ちが感じられた。「別な奴に？　大丈夫なのか」と言ってしばらく小さな頷きを繰り返したあと、「頼むぞ。大事なことだからな」と念を押すような言い方をして通話を切った。

13　勇樹　午後六時三十一分

勇樹は押し入れの暗闇の中で、嗚咽を我慢していた。完全な闇ではなかった。襖の合わせ目や木枠とのほんの少しの隙間から数条の光が差し込んでいた。膝を抱える手は、向こう脛《ずね》のところでできつく合わされ、汗ばんでいる。

リビングの音は同じ場所にいるように聞こえてくる。紗月が帰ってきて、捕まったのもわかった。

（みんな、いなくなっちゃう）

また涙が流れてくる。

（パパが帰ってくれば、ドロボーをやっつけてくれるのに）

そう思っても、勇樹が起きているうちに父親が帰宅することはほとんどなく、いつ帰ってくるかわからなかった。その前にみんなが殺されてしまったら――。

勇樹は手で涙を拭い、座布団になすりつけた。その手を虫かごに伸ばし、膝の上に載せた。

（どうする？　三号。つかまっていないのは、ぼくだけなんだよ）

母の言葉を思い出す。

「勇樹という名前はね、勇ましくて大きな木のような人になってほしいといういみなのよ。勇ましいというのは、勇気りんりんで強いってこと」

同級生からは、勇樹は勇気がなくていくじなしと呼ばれている。

（勇気、あるもん）

父親がいつ帰ってくるかわからないのだから、自分がここを抜け出して、ドロボーがいるのを誰かに知らせなくては、という思いが芽生えてきた。

襖の向こうでは、ときどき母や兄の呻き声が聞こえてくる。アニメでよく見る、猿ぐつわをされている姿を思い浮かべた。

「それにしても、いいとこに住んでやがるな」男の声がして、何かを倒す音が続いた。

「まったく世の中、不公平にできてるぜ。俺が育ったところが、どんなとこなのか教えてやろうか。六畳と四畳半に台所だけの安アパートだ。台所ったって、一畳かそこいらのもんでな。あとは、せせこましい便所がついてるだけだったな」

何を言っているのかほとんどわからなかったが、男の声が大きくなるたびに身体が震えた。

「まったく、庭にはバーベキューのかまどまであるってんだからな」怒鳴り声のあとに、何かを投げつけるような音が続いた。

(バーベキューなんかやったことはないのに)

同級生がバーベキューは楽しいと話すのを聞いて、何度もママにやろうよと言ったけれど、いつも、そのうちね、と言われたことを思い出す。

「それに花を植え過ぎなんだよ。それもトゲのあるもんばっかりじゃねえか。見ろよこの傷。え？おまけに蜂が飛んできやがる。それに、トカゲだ。ここは、トカゲ飼ってんのか。何匹見たか。まったく、思い出すだけで鳥肌もんだぜ」

勇樹は思わず、虫かごを強く摑んだ。

「あのぬめっとした感じがよ、気色《きしよく》悪いったらありゃしねえ。イモリ、ヤモリにトカゲ、俺の目の前、歩かすなってんだ」

ヤモリはトカゲの仲間だけどイモリは違う、と勇樹はちょっと憤慨した。それにトカゲはぬめぬめなんかしていない。

（ドロボーは、トカゲがこわいんだって）勇樹は暗闇の中で虫かごを目の前に持ちあげると、三号に笑いかけた。

（そうだ）勇樹の頭の中にある光景が甦《よみがえ》った。

ずいぶん前のことだ。秋生がカマキリを捕まえてきたことがあり、それを和室にいた紗月に投げつけた。紗月はそれがカマキリだとわかった途端に悲鳴をあげてリビングへ転げるように飛び出してきた。そして仕切り戸を閉めてしまった。カマキリを和室に閉じ込めたのだ。

さっきドロボーは、トカゲが大嫌いだといっていた。本当に嫌そうな声だった。

（だったら……）

勇樹は押し入れの奥から、座布団と壁の間に身体を差し込んで襖に手がかかるところまで進んだ。リビングでは男の声がしている。虫かごを開けて三号を握って取り出す。深呼吸をして、襖をほんの少し開ける。三号を口元に近づけ、「たのんだよ」と囁《ささや》き、襖の隙間に押し込んだ。

三号はちょっと抵抗したが、それでも広い空間が与えられて嬉しいのか、身体を前に進めていった。それを見届けると、勇樹はそっと襖を閉めた。

14　秋生　午後六時三十三分

男が苛立った様子でリビングとダイニングを行き来している。家の造りや家財道具を見て、贅沢《ぜいたく》しやがってと罵り、サイドボードの上にあったガレの花瓶を和室の床の間に投げつけ、人間国宝の作だという壺とともに砕き割った。

「おい、煙草はあるか」男が言った。

亮子が首を振る。男が亮子の口を塞いでいるテープを剝がした。

「うちでは、誰も吸いません」

男が舌打ちをしてテープを貼り直すと、今度は秋生のテープを剝がした。

「おめえは、どこかに隠しているんじゃねえのか」

「ないよ」

「そんなこたぁねえだろ。高校じゃ、みんな吸ってたろ」

秋生は顔を歪《ゆが》めた。男の声が耳障りだった。それは父親の声に似ているからだと気づいた。喋《しゃべ》り方は正反対だ。父の、上から抑えつけるような言い方は大嫌いだが、男の野卑な調子も虫唾が走る。

「今どき、吸っている奴は少ないんだよ」

「ほんとかよ」

「俺が買ってこようか。コンビニで」

「馬鹿野郎、ふざけたことを言うんじゃねえ」

「人質を取られているんだから、通報なんてしないよ。買って帰ってくるだけ」

「舐《な》めやがって」男の足蹴が腰に飛んでくる。

「あんた、恐いのか？　俺たちの手足を縛ってさ」

「何だと。どういう意味だ」

「あんたが強いんだったら、俺たちの手足を縛らなくてもいいじゃないか。何を恐がって、女まで縛ってるんだよ」

「馬鹿野郎」男が秋生の腹を蹴る。「おめえは、相当根性が曲がってるな。部屋に鍵なんかかけてよう。家族とうまくいってねえのか」男が笑いながら、秋生の頬を拳で小突く。

腹への蹴りが効いていて、秋生は唸ることしかできなかった。

「おめえのようなガキは、ママは好きなんだろ？　親父だな、うまくいってねえのは。違うか？」

秋生は男から目を逸らした。

「図星か。そうか、親父が嫌いか。どのくらい嫌いなんだ？」

男が嬉《うれ》しそうに秋生の頭や顔を撫でる。秋生はその手を払いのけようと頭を振る。

「そう嫌がるなよ。親父よりマシだろう。どんな親父なんだ。話してみろよ」

秋生が黙っていると、男は亮子に近づき、口に貼ったガムテープを剥いだ。

「旦那は何をやってんだ」

こいつは何のつもりだ、と秋生は訝《いぶか》しんだ。警察から逃げているのに、やけにのんびりした口調に聞こえた。にやけた顔をして、まるで暇つぶしに冷やかしているような感じだった。

「こう、公務員です」

「役人で、こんなでけえ家に住めるわけねえだろ。汚職でもやってんのか」

男は自分で言った冗談が気に入ったように笑った。

「いえ、そんな」

「大方、先祖代々の大地主ってとこか」

「はい、そうです」

「生まれながらの金持ちってやつだな。そういうのは大体がどろどろした相続争いがあるんだろう？　どうなんだ？」男は何がおかしいのか、にやついた顔で聞いた。

「主人は、一人っ子なので」

「そうかい、そうかい。そいつは結構なこった」

男は被《かぶ》せ気味で言うと、亮子の口をガムテープで塞ぎ、また秋生の側にやってきた。

「おめえの親父は金持ちのボンボンだ。おめえは親の金で贅沢に暮らしてんだろ。何が不満なんだ」

秋生が黙っていると、男は頭を殴ってきた。「こたえろよ。口があるんだろ」

「別に」掠《かす》れていたが、ようやく声が出た。

「何だ」

「別に不満なんかない」

「嘘つくな。おめえは何やってんだ？　高校生か」

「浪人してんだよ」

「落ちたのか、そうか、そうか。そりゃ気の毒にな」またおかしそうに笑いながら言った。「親父の出た大学を落ちて、馬鹿にでもされたのか」

秋生は男から目を逸らした。この男の勘のよさが癪《しゃく》に障る。

「また図星か。おめえはわかりやすい奴だな。すぐ顔に出る」

男は高笑いをして、満足したようにガムテープを秋生の口に貼った。

秋生は自分がどんな顔をしているかわかった。最も嫌な話題だった。

あのクソオヤジは、と秋生は胸の内で毒づいた。息子の受験先として、自分が卒業した東大しか認めなかった。模試の結果では、合格可能性は四十パーセント程度だったから、落ちる可能性の方が遥《はる》かに高かったのにだ。小学生の頃から、おまえは東大に行くんだと言われ続けた。自分の息子が東大に行けないわけがないと思っていたのだろう。今では、行けないというのを認めたくないのだ。俺には俺の人生がある。物心ついたときからずっと、心の中でそう叫んでいたような気がする。

心の中でしか叫べなかった。面と向かって言えるような親ではなかった。すべてが頭ごなしだった。でも最近は違う。クソオヤジを殺してやったら——頭の中でそう呟き始めてから、何で今まで恐がっていたんだろうと不思議に思えてきた。昨夜はそれが、殺す、に変わっただけだった。

去年の模試の成績が良くなかったとき、あいつはフィギュアを摑んで叩きつけた。こんなものに時間を潰す暇があったら勉強しろ、と言った。俺のフィギュアを侮蔑したんだ。つまり俺という人間を否定した。それだけではない。あいつは家族皆の人格をないがしろにしている。母さんはずっと馬鹿にされてきて、今では、無視されているようなものだ。たびたび外泊しているのも、仕事のためというのは怪しい。

秋生は一度、退庁後の父親をつけて証拠を摑もうとしたことがある。しかしそのあとにどうするんだと考えてみたら、どうしようもないのに気づいた。離婚の理由にはなるだろうが、それが母親のためになるのかどうかわからなかった。離婚すれば、母はこの家から去らなければならない。子供たちは残るか、母と一緒に出ていくかを選ぶことになる。三人の子供が母を選んだとして、その先四人はどういう風に生きていくのだろうかと不安になった。財産分与という言葉は知っていたけれど、具体的に母がどの程度の金を手にできるかがわからない。世間を知っている父親に、いいようにやられそうだ。それならいっそのこと父親が死ねば、母は金に困らないはずだと考えた。

それにしても、こんな気持ちを他人に見透かされたのが無性に腹立たしかった。

15　亮子　午後六時三十七分

吹き抜けの天井につけられたトップライトから見える空は薄暗くなっていた。

リビングと和室の窓の電動シャッターは、男がスイッチに気づいて両方とも閉じられていた。亮子にはトップライトだけが外界とつながる窓のように感じていたが、今はもうそこも、この家族の運命を暗示するように黒く塗りつぶされようとしている。

義父が亡くなったあと、夫は古い木造家屋を壊して、鉄筋コンクリートの家を建てた。リビングの上の吹き抜けには三本の梁《はり》が通っている。構造上必要なのは真ん中の一本で、ほかの二本は意匠的な意味合いでつけたらしい。下側にレールが埋め込まれていて、照明器具がスライドできるようになっている。亮子にはそれらが、床に転がされている三人の磔《はりつけ》台に見えて、慌てて頭の中からその幻影を消し去った。

（こんなことが起こらなくても、この家にはもともと希望なんてないのだし）諦めの気持ちが強くなっていく。

どうしてこんなときに夫がいないのだろうと、恨み言が頭に浮かぶ。家族が死の危機に晒《さら》されているのに、一人安全なところに身を置いているのが癪に障る。この家庭を滅茶苦茶にしたのは夫なのに——。

健治は家庭に関心がない人だ。家庭ばかりでなく、人に対してひどく淡白に見える。幼い頃に両親が離婚して実母と別れ、その後継母に育てられたという環境が関係しているのかもしれないと思ったりもする。両親の離婚は四歳のときらしい。まだまだ母親べったりの時期だから、いなくなったときの寂しさがその後の性格に影響したとも考えられる。

両親が離婚したことは、最初から健治本人が話してくれたわけではなかった。十年前、義母が亡くなる前に教えてくれたのだ。

「結局健治は、私になつかなかった。本当に心から甘えることは経験しないできたんだね。だからいつも愛情に飢えているところがあるのよ。でもそれをうまく表せないのだと思う。こんなことで健治を庇《かば》うつもりも、亮子さんに我慢を強いるつもりもないんだけどね」そんなことを入院先のベッドの上で言っていた。夫婦仲がうまくいっていないのを、当時から義母だけはわかっていた。健治と心が通わないのを自分も経験していたからなのかもしれない。

それでも紗月が生まれた頃までは、父親らしいことをしてくれていた。だが亮子が育児にかかりきりになるにつれて、健治は家庭から距離を置くようになった。でも、今ほどではなかった。健治があからさまに家庭を顧みないようになったのは、秋生の誘拐事件のあとからのような気がしていた。

あのときは、必死に子供を取り戻そうとしていた。秋生の命が危うくなると言って、警察には届けずに自分で解決しようとした。誘拐犯とは激しい交渉があったようだが、最終的には身代金を払うことで秋生は解放された。

いくら払ったのか、亮子には知らされなかった。前年に義母が亡くなり、健治は義母と養子縁組をしていたので、一人で遺産を相続した。結局父親の全財産を受け継いだことになる。義父の代までは土地を切り売りして相続税に当てていたらしい。健治が相続した不動産はこの家がある土地だけだったが、ほかにかなりの金融資産があり、相続税を払っても、相当な金額が手元に残ったはずだ。誘拐犯とどのような折衝があったのかはわからないが、自分たちの生活に影響がない範囲で収めたのだけは確かだった。

秋生を取り戻したときには、抱きしめて、本当に喜んでいた。あの頃は、家庭のことを気にするようになったし、夫婦の仲も以前に戻ったような感じがした。でもそれは長続きせずに、勇樹を妊娠したあたりから、前より家庭を顧みなくなった。以前は水商売の店は敬遠していた節があったけれど、その頃から頻繁に行くようになったようだ。きつい香水の匂いをスーツにつけて帰宅することが何度もあった。役所での地位があがると、接待も増えて困ると、最初の頃は言いわけめいたことを口にしていた。

そのうち、徹夜の仕事で身体が持たないから役所の近くのホテルに泊まると言って、帰ってこない日が増えた。今が大事な時期だというのが口癖で、表面上はまるで仕事の鬼にでもなったようだった。亮子は父にもそういう時期があったからと、自分を納得させようとしたのだが、全部が全部仕事ではないと疑う気持ちが強かった。

家庭に関心を寄せなかった健治だけれど、子供の成績と学校の選択だけには口を出してきた。自分の子供の成績が悪いわけはないと思い込んでいるようだった。かわいそうなのは子供たちだった。結局私と結婚したのも、と亮子は思う。父親が経産省の局長をしていて次期次官の有力候補だったからだ。紹介されてしばらく交際し、プロポーズされたときは自分を好きになってくれたのだと思った。けれどもそれは自惚《うぬぼ》れに過ぎなかったと、今ならわかる。

父は結局次官になれなかったが、健治を引きあげる力にはなったようだ。退職してからいくつかの団体の理事長をしていたが、その間もOBとして影響力があったらしい。健治や父の話から、そう推察された。

だからか、父が昨年脳梗塞で寝たきりになり、現役の幹部たちとの交流が途絶えると、もう父への忖度《そんたく》は必要ないとばかりに、健治の家庭離れはあからさまになった。体裁を取り繕って浮気をしていたのが、もうばれても構わないという態度になってきた。

それなら自分も、と亮子は考えた。秋生の成績に対する健治のプレッシャーが厳しく、塾の講師に相談をしていたのだが、二度三度と会っているうちに、向こうがこちらの歓心を買うような話題を選んできた。ある高名な教育評論家の講演会に誘われ、そのあとでお茶を共にしながらいろいろな話をした。相手は塾の講師だから話はうまい。久しぶりに笑った。そのとき絵画の話題になり、印象派が好きだと言ったら、フランスの美術館展に誘われた。もう塾の講師と保護者の関係とは言えなかった。誘いに乗ったことで、向こうにもこちらがそれなりの気持ちがあるのを察したようだった。言葉遣いや態度が変わり、ホテルに誘われた。

（夫も夫だけれど、私も私。罰が当たったのよ、きっと）

「何だ」

男の声に、亮子は我に返った。

何か気になる音がしたらしく、男は叫んだあと、じっと耳を澄ますような仕種《しぐさ》をしている。亮子を見て、秋生、紗月と視線を移していく。この三人が立てた音ではないという風に、室内を見回している。

だとしたら勇樹が――。隠れている場所で音を立ててしまったのかもしれない。亮子は不安にかられて男の動きを目で追った。

男がゆっくりと立ち、和室に向かっていく。

敷居の手前まで行ったかと思うと、「げっ」とも「ぐえ」とも聞こえる声を発し、「おまえんとこは、トカゲを家の中でも飼ってやがるのか」と怒鳴った。

亮子は顔を捻《ね》じ曲げて和室の畳の上を見た。トカゲが畳の縁に足をかけ、リビングの方を見ている。まるで斜に構え、人間を馬鹿にしたような態度だった。

男は慌てた様子で、「しっ、しっ」と言い、足で床を踏んで音を立てた。トカゲは向かってくることはなく、足音に身を翻して床の間の方に身体をくねらせながら忙しない格好で移動した。

男は和室との境にある引き戸を戸袋から引っ張り出すと、乱暴に閉めていった。四枚の戸がすべて閉まると、今度は廊下に出て、廊下に面した和室の扉を閉めたようだ。

戻ってきたときの顔には、余裕が戻っていた。

（勇ちゃん）

虫かごにトカゲを入れて持っていた勇樹の姿が脳裏に甦ってきた。なぜトカゲを放したのだろうか。亮子は、とにかくおとなしくしていてと心の中で勇樹に語りかけた。

16　勇樹　午後六時四十四分

襖の向こうで、「何だ」という男の声がした。

大きな声に、勇樹は身構えた。耳を澄ましていると、「ぐえ」という声がして、乱暴にリビングと和室を仕切る引き戸が閉まる音がした。どかどかと足音がして、和室の廊下側の戸も閉まる音が聞こえた。

「トカゲを家の中でも飼ってやがるのか」怒っているような声が聞こえる。

勇樹は、押し入れの襖をそっと開けた。部屋は暗かった。この暗さはシャッターがおりているからだと思った。ただ、真っ暗ではなかった。リビングとの間の引き戸の合わせ目から洩れる光で、その近くは薄ぼんやりと見えている。戸の近くに三号がいた。

押し入れを出て、音がしないように襖を閉める。薄明かりの中にじっとしている三号が見えた。ゆっくり近づき、片手ですくいあげて虫かごに入れる。足裏を畳に擦らないようにして、廊下へ通じる引き戸まで行った。

引手に手をかけ、勇樹は一度大きく息を吐いた。この戸は、ゆっくり引けば音が出ないのを知っている。半分ほど引いて廊下へ出ると、静かに戸を閉めた。

すぐに玄関ホールへ行った。玄関の方へ曲がり、壁を背にして、男が廊下に出てきても見えないようにした。

玄関ドアを見る。あそこを静かに開けて外に出る。そして隣の家に行って、警察にドロボーがいることを伝えてもらう。頭の中で、やるべきことを復唱してからドアに近づいていった。このドアは、レバーについているボタンにタッチすれば開く。

勇樹は、指がボタンに触れる寸前で止め、慌てて引っ込めた。ボタンに触れると、ジーという音がして鍵が開くのだが、それが一階にいればどこでも聞こえるほどの大きさなのを思い出したのだ。リビングではテレビがついているけれど、今までだってどんなときも鍵を開ける音は聞こえてきた。キッチンにある勝手口のドアも同じだった。

ドロボーに気づかれても、勇樹自身は外に出られるかもしれないが、そのあと家族はどうなるかが心配だった。

(ころされてしまうかもしれない)

ドロボーがわからないように外に出る方法を見つけなければだめだと思った。玄関と勝手口以外では、リビングや和室からも庭に出られるけれど、リビングにはドロボーがいるし、和室も窓にはシャッターがおりているから無理だ、押し入れを出る前にもっとちゃんと考えておけばよかったと、自分に腹を立てた。

(どうしよう)

急にどうしたらいいか、わからなくなった。

ドロボーがいつ廊下に出て、玄関まで来るかわからない。ここに長くいるのは危険だった。どうするかを、今すぐに決めなければならない。こんなことは初めてだったから、何も考えがまとまらない。

(どうしよ、どうしよ)

そのとき、ダイニングの椅子を引く音がした。リビングのアームチェアは別の音がする。ドロボーがダイニングにいるのなら、二階にある電話機の場所から一番遠いところにいることになる。

(二階へ行って、けいさつに電話しよう)

玄関ホールに戻り、廊下を右に行って、階段をあがった。踊り場で折り返し、二階のホールに立った。電話機は三メートルくらい先の壁の凹《へこ》みに設《しつら》えられている台の上にある。

二階の廊下を裸足《はだし》や靴下で普通に歩く分には、一階に聞こえることはない。それでも勇樹は慎重に歩を進めて電話機のところまで行った。

ジイジとバアバに何度も電話したことがあるから使い方は知っている。番号は一一〇。電話の子機を手にして耳に当てる。ツーという音が聞こえたら番号を押すんだと、頭の中で確認する。

(あれ)ツーという音がしない。番号ボタンを押してみても反応がなかった。

(こわれているんだ)

これも諦めるしかなかった。子機をそっと戻す。

勇樹は、どうしようと思いながら。左右を見回した。

二階も一階と同じ位置に長い廊下が通っている。階段の向かい側が書斎で、今勇樹が立っているのは、そのドアの前だった。隣が両親の寝室になっている。寝室の向かい側に洗面所とトイレが並んでいる。そこから東側の廊下は、北側に勇樹と紗月の部屋があり、南側はリビングの上の吹き抜けに面していて、腰壁の手摺がついている。腰壁の高さは、身長が百二十六センチある勇樹の目のあたりだった。廊下の突き当たりの北側は秋生の部屋で南側はプレイルームとなっている。ミニ四駆のコースとかプラレールの部品が箱に入って置かれていたり、ピアノがあったりするが、今は誰にも使われない場所である。勇樹にとっては、興味はあるけれど、隣に秋生がいるので何となく使いにくい部屋だった。

(お兄ちゃんのスマホ)

スマホで警察に電話することを思いついた。

勇樹は身を屈《かが》めながら廊下を歩いて秋生の部屋に入った。明かりは点いていた。ドアのハンドルが壊れて、マンガ本やフィギュア、ほかにもいろいろなものが散乱しているのが目に入ってきた。これもドロボーがやったのだと思うと恐ろしさに足が竦《すく》んだが、自分には勇気があるんだと言い聞かせて、室内を見回した。廊下はフローリングだが、二階の部屋はカーペット敷きなので足音を立てる心配はなかった。

机の上に、モニターが二つ並んでいる。その向こうに見覚えのあるスマホの端が覗いていた。すぐにも駆け寄りたかったけれど、勇樹が立っているところから机までの間には様々なものが散らばっている。音を立てずにスマホを取りに行くためには、それらを静かに取り除いて、足を置く場所を確保しなければならなかった。

先ず足元のフィギュアを取ろうとしてしゃがんだが、勇樹は思い直して何も取らずに立ちあがった。もう一度床に散乱しているものを見て、どれが音を立てずに取り除きやすいかを考えてみた。フィギュアは腕や脚が互いに絡み合っていて、引きあげている途中で落ちたり、ほかのものに引っかかったりしそうだ。ゲームソフトやプラモデルの部品、工具などはぶつけると音が出やすいのがわかる。

（本なら、あんまり音がしない）

そう思って眺めると、遠回りになるけれど、本だけをどかせば机まで行くことができるルートが目に映ってきた。勇樹はしゃがんで最初の本を手に取った。いくら本でも積み重なった山を崩してしまえば音が出る。手に取るときは、クレーンゲームのように真っすぐ上に摘まみあげるようにした。それを一歩進むたびに繰り返す。

無意識の内に、取りあげた本を背後に回していた。途中で何かが間違っているような気がしてきた。その場で立ちあがって後ろを振り向く。ここまで進んできたところに本が積まれてしまっていた。これでは引き返すときに、また本を取り除かなくてはならない。気づくのが早くて良かったと思った。これまで進んできた二歩分を、逆方向に本を取り除きながら戻った。

今度は本を取りあげると、元の位置まで戻って脇に置いた。これなら、あとで困らないよ、と小さく呟いた。

何とか机にたどり着き、左手を机の上に置いて、右手を伸ばす。スマホの端を親指と人差し指で摘まんで持ちあげる。思ったより重かった。ゆっくり手前に引く。指の間からずり落ちそうになる。勇樹は危うく声を出しそうになるのを寸前で抑え、もう片方の手でスマホを受け止めた。

両手で包むように持って、部屋の入り口まで戻った。スマホの画面は真っ黒だった。側面についているボタンを手当たり次第に押していると、数字が並んでいる画面になった。これは、みんながよく言っているパスワードを入れなければならないのだと見当がついた。パスワードを忘れると、いろいろなものが動かせなくなるみたいで、この前も母親が何かのパスワードを忘れたと言って大騒ぎしているのを見ていた。

（お兄ちゃんのパスワードなんて知らないもんなあ）

せっかく警察に電話できると思っていたのに、手の中にあるものが急に役に立たない、ただの板に見えてきた。ついその場に放り投げそうになり、慌てて握り直す。

（何やってんの。音たてちゃいけないいんだよ）自分を叱った。

電話がだめなら、どうする？

（やっぱり、ぼくが外へ出ていくしかないかあ……）

二階から外に出られるのは、両親の寝室とプレイルームについているバルコニーしかない。ほかの部屋の窓は面格子がついていて外に出られないのだ。

プレイルームの下はダイニングだから、ドロボーに気づかれてしまうかもしれないと思い、両親の寝室に行くことにした。

勇樹は廊下へ出る前に部屋をもう一度眺めた。思わず顔をしかめる。机までのルートがきれいに残っていた。それに秋生のスマホを持ったままだった。このままにしておくと、もしドロボーがもう一度この部屋に入ったら、前と違うのがわかってしまう。

（あぶない）

勇樹は先ず机に行って、スマホを元の場所に置いた。引き返して、脇に置いた本を持ち、ルートを消すように置いていく。最後に部屋の中を眺めて、大きく頷いた。

廊下に出ると、足音を忍ばせて両親の寝室の前に立った。ドアは半分開いている。勇樹は身体を斜めにして、ドアの位置を動かさないように中へ入った。窓際へ行き、掃き出し窓の鍵を外す。サッシに手をかけた。窓を開けようとしたとき、悪い予感がして手を離した。

以前、何もしていないのにドアが強く閉まり、そのあまりの勢いに驚いたことがあった。そのとき母親が、「まどをあけているときは、ドアをしめているか、ドアストッパーで止めているかしないと、バーンとしまっちゃうことがあるから、気をつけるのよ」と言っていたのを思い出した。

部屋の入り口まで戻り、ドアを音がしないように閉めた。

（ぼく、えらいかな）失敗する前に気づいたことが嬉しかった。

窓際に移り、もう一度サッシに手をかけた。身体が通る程度にそっと開けてバルコニーに出た。コンクリートのひんやりとした感触が足の裏から伝わってくる。外は暗くなっていた。

バルコニーは寝室の前から東端にあるプレイルームの前まである。一階で言えば、和室からダイニングの上になる。奥行は、寝室とプレイルームの前が一メートルで、中央部分に当たるリビングの吹き抜け前は三メートルある。リビングの前にあるテラスの屋根を兼ねている造りだった。

手摺は鉄製で十センチぐらいの間隔で手摺子《こ》が並んでおり、その間から庭を見ることができる。暗くなると自動点灯する外灯が二箇所に設えられていて、庭の手前半分ほどを照らしている。奥に行くにしたがって光は弱くなるけれど、南側の隣家との境まではぼんやりと見える。

勇樹は手摺に手をかけ、庭を覗き込んだ。すぐ下にバーベキューのかまどとテーブルが見える。中央は芝生になっており、それを囲むように様々な円を組み合わせて造形された花壇が配置されている。勇樹から見て左奥には、ゴルフの練習用ネットがある。

南側には隣家が二軒並んでいるが、敷地の境界には高い木が何本も植えられているので、どちらも屋根の一部しか見えなかった。

ここから思いっきり大きな声で叫べば、近所の人が気づいてくれる。

(だけど、下にいるドロボーにも聞かれてしまう。そうなったら、ママたちはころされてしまうかもしれない。そのあと、ぼくもころされる)そう考えると、大きな声を出すのはやめた方がいいと思い留《とど》まった。

勇樹は手摺に近づいた。リビングから見えないのを確かめて、手摺に顔を押しつけて下を見る。ここからロープにぶらさがって庭へおりるところを想像してみた。

(できない)

学校にある登り網は、下の方に結び目が二つあって、そこに足をかけてぶらさがることはできるけれども、ロープを摑んで登ることはまったくできない。どんなに強く握っても身体を支えることはできなかった。だから、ロープを握って地面までおりるのは無理だと思った。

(どうしよう)

勇樹は、どうして僕は何もできないんだろうと、情けなくなった。

そのとき、インターフォンのチャイムが聞こえた。

17　亮子　午後六時五十五分

インターフォンが鳴った。男がソファから立ちあがり、廊下側の壁についている液晶画面を覗く。

「くそっ」苛立った声を出しながら亮子のところに来て、手足を拘束しているガムテープを包丁で切り、口を塞いでいるテープも剝いだ。

「立て」と言って、亮子のブラウスの襟を持ちあげる。亮子は小さな悲鳴をあげて立ちあがる。男に引きずられてインターフォンの前に連れていかれた。

画面には制服の警察官が映っていた。

「余計なことを言うんじゃねえぞ。何もないと言え」男が包丁を突きつけてくる。「おめえらもと、秋生と紗月を睨む。「妙なことをしたら、こいつを刺すからな」

亮子は通話ボタンを押そうとしたが、指が激しく震えた。

「いい、俺が押す」男がボタンを押し、包丁の先を振って応答しろと促す。

「はい」絞り出した亮子の声が震える。

「あ、成城《せいじょう》南《みなみ》署の者ですが、ちょっとよろしいですかね」

亮子は男の顔を見た。

「今は手が離せないと言え」男が通話ボタンから指を離して言った。

「今……ちょっと手が、離せないものですから、どんなご用件でしょうか?」

まだ声が震えている。せめてこの声に異変を感じて欲しいと思った。

「いや、区内で事件がありまして、それはご存知ですか」

「あ、はい」

「それでですね、このあたりを巡邏《じゅんら》中なのですが、何か変わったことなどありませんか」

「変わったことですか」

この警察官とずっと話していたかった。長く話せば向こうも気づいてくれるかもしれない。

「何かいつもと違う音を聞いたとか、犬が吠《ほ》えていたとかですね、何でも結構なんですが」

包丁が胸に当てられた。

「いまのところ特に何もありませんが」

「そうですか。で、ご家族は皆さんお揃いですか」

「い、いえ。主人がまだ」

「そうですか。では、三人のお子さんは在宅ということですね」

「あの」と言いかけると、男が終了ボタンを押し、「いいから、そうだとこたえろ」と指示してから、また通話ボタンを押した。

「はい、そうです」

警官が俯《うつむ》き、手元で何かを書いているようだった。頭をさげた分、後ろが見え、そこに見覚えのある青いスーツが映った。串田が警官の背中を覗き込むようにしながら通り過ぎていった。

思わず視線を横に向ける。キャビネットの棚に十インチほどのタブレットが置かれており、前面道路側と公園側の境界に設置している二台の防犯カメラからの映像をワイヤレスで映し出している。

道路側の映像に、串田が警官の方を振り向きながら歩く姿があった。

「じゃあ、何かあったら、すぐに一一〇番をお願いします」警官は顔をあげて早口で言った。

亮子は動揺が収まらず、すぐに言葉が出てこなかった。

男が包丁を強く押し当ててくる。

「わかりました」亮子は慌てて言った。

画面の向こうで警官が隣家の方へ立ち去っていく。

「まあまあだったな。ほめてやるよ。お、こいつは防犯カメラのやつだな」男がタブレットを見ながら言った。「よしよし、ポリ公は隣に行ったぜ」

男が薄ら笑いを浮かべ、また亮子の手足をガムテープで巻き、口を塞いだ。

亮子の脳裏に、顔をわざわざカメラの方に向けて通っていった串田の姿が浮かんだ。以前、この人はストーカーの気質があるのかも、と感じたことがあった。お互いに浮気なのに、なぜか嫉妬深く独占欲が強い。ほかの男性のことを話題にするだけであからさまに不機嫌になるし、夫との関係にも執拗《しつよう》に探りを入れてくる。愛情の表れというものではなく、とにかく自己中心的な感情のようだった。

最初に出会ったときの爽やかな印象はつき合っているうちに薄れてきたが、彼自身は今でも快活な態度を装っている。だから別れ話をしたときの、一見物分かりの良さそうな反応は、いかにも彼らしかった。何事も、最初は受け入れたふりをして、あとでねちねちと説き伏せようとするのだ。

今回もそういう懸念はあったけれど、まさか家にまで来るとは思わなかった。

おそらくスマホのSNSには、何度もメッセージを送ってきているに違いない。何も返信がないものだから、ここまで来たのだろう。今は妻が二人目の子を出産するために実家に帰っているので、気ままに動けるのだ。

(私が買い物か何かで外に出るのを待っているのかしら)

家の様子を見て、異変を察知してくれるなら、それはそれでありがたいけれど。

(まあ、無理でしょうね)そんな期待はできなかった。

テレビが七時のニュースになった。『今日午後、東京都世田谷区の住宅敷地内に侵入した男が、拳銃のようなものを発砲し、三人の死傷者が出る事件が起きました』と、アナウンサーが喋っている。今日のトップニュース扱いだった。

事件の概要、事件後の現場の様子、近所の人へのインタビューと続き、容疑者の足取りの情報へと移っていく。

『事件発生のおよそ五分後に現場から二キロメートルほど離れた信号のない交差点で車同士の衝突事故がありました。その後の調べによりますと、うち一台が盗難車で、発砲事件の容疑者が逃走に使った青いクーぺと同じタイプということです。警察では容疑者が逃走中に事故を起こしたと見て、捜査を進める方針です』

画面には事故があったと思《おぼ》しい交差点が、薄闇の中に映し出された。

『事故現場近くの住民が、事故の直後に、運転していた男が車から出て南の方向へ走っていくのを見ています。男は紺色の帽子に、白いジャンパーとジーンズを身に着けており、発砲事件の容疑者の服装と酷似しています。警察は事故現場周辺の聞き込みを強化し、防犯カメラの分析を急いでいます。なお容疑者は今も凶器となった拳銃のようなものを所持していると思われ、周辺住民に注意を呼びかけています』

「防犯カメラには気をつけているんだよ。服を替えるとこは、カメラに映ってねえはずだ。簡単に見つかるかよ」

男が自慢げに言う。確かに、見かけによらず慎重な男のようだから、警察がこの家にたどり着く可能性は低いかもしれないと、亮子は悲観的な気分になった。

(せめて、勇樹だけは助かって)

また勇樹のことが気になってくる。今はもう、いくら何でも家族が侵入者に捕まっているのはわかっているに違いない。どこかで、恐くて泣いている姿が目に浮かんでくる。

それにしても、気配がまったくないのが意外だった。一つのことに集中するのが苦手だから、同じ場所に長時間、音を立てずにいるのは辛いでしょうにと思う。

もし夫が今日帰ってこなければ、父親だけは生き残る。私たちが死んで夫が生き続けるのは釈然としない。でも勇樹のためには一人でも肉親が残っていた方がいい。勇樹のことは可愛《かわい》がっているわけではないけれど、さすがに親一人子一人になれば面倒を見てくれるでしょう。あんな人でも……。

亮子は閉じた瞼の裏に、中学の制服を着た勇樹が父親とともに、母と兄姉が葬られている墓の前で手を合わせている光景を見て、それが現実になってもいいと思った。

18　勇樹　午後六時五十五分

バルコニーにいる勇樹にも警官の声が聞こえた。室内に戻り、サッシを慎重に閉める。ドアも音に気をつけて開け、廊下を横切って洗面所へ行く。

窓に顔をつけるようにした。ここが二階では最も玄関と門に近い。ひょっとすると警官に合図を送れるかもしれないと思ったのだが、窓の前には高い木の葉が生い茂っているのと、塀が高いので警官の姿は見えなかった。

（んもう……）勇樹は右の拳を握り胸のところで振った。

一階から母親の「わかりました」と言っている声が聞こえてきた。

葉っぱの隙間から、警官の肩のあたりが隣の家の方へ動いていくのが見えた。勇樹は唇を強く結び、また拳を振った。

（どうしたらいいの？）

家の中からドロボーがいることを、外の人に知らせる方法を見つけなければならなかった。

大人はよく、『メールで』と言って、パソコンやスマホで連絡し合っているけれど、勇樹はそのどちらも持たせてもらっていないので、やり方がわからない。

「ええと、ええと」口癖が声に出そうになって、慌てて手で口を塞ぐ。

口を押さえたまま両親の寝室へ戻る。窓際に行く途中、スツールの前にある鏡に映った自分と向き合った。弱そうで、みんなを助けることなどできそうもなかった。

（ぼくはまだ子供なんだから）

鏡を見ていられなくなって目を伏せると、見覚えのある紙がデスクの上に置いてあるのに気づいた。学校で、「おうちでごりょうしんにわたしてくださいね」と言われて、ランドセルに入れて持ち帰ったものだった。

（そっか、手紙を書けばいいんだ）

手紙を書いて、外の人に渡せばいい。

そう考えてみたけれど、どうやって渡せばいいのかがわからない。

近くに人がいないのだから、手渡せない。手の届かないところに渡すときは、放り投げるしかない――。

勇樹は窓際に立ち、外を眺めた。風が強くなってきているようで、隣の家との境にある木の枝が揺れていた。薄闇の中でも、雲が灰色から黒に変わってきたのがわかった。怪人や怪獣が出てくる雰囲気に、心細くなる。

バルコニーの右側には書斎の壁がある。書斎の向こう側には小さな公園がある。夜は人がいないと家族が話していた。バルコニーの反対側の端の先には道路があり、その向こうは大学の敷地になっている。どちらも夜は人がいない。

そうすると、ドロボーがいることを知らせるのは、庭の先にある隣の家ぐらいしか思いつかなかった。おじさんとおばさん、それとおねえさんが住んでいる。勇樹にとって、みんな笑顔で声をかけてくれるやさしい人たちだった。もし、うちに悪者がいるのを知ったら、絶対に警察へ連絡してくれると思った。

勇樹は庭先の木々の間から少しだけ見える隣の家の屋根を見た。あの屋根に何か硬いものを当てたら、家の中の人が気づいてくれるかもしれない。二度三度続けば、様子を見に外へ出てくる。その硬いものに手紙をつけておけば――。

(きっと読んでくれる)

二階にはボールはたくさんある。ビー玉にスーパーボール。書斎にゴルフのボールがあることも知っている。投げるのなら、ゴルフのボールが良さそうだった。けれども勇樹は自分が、隣家まで届くほど投げられないのを知っている。以前バルコニーから大き目のビー玉を思いきり投げたことがあったが、隣家との境の木のかなり手前までしか届かなかった。実際、バルコニーから隣の家の境界まで学校のプールの長さくらいある。

(ええと、ええと)手で投げるより遠くまで飛ばせる方法って何があるんだろうと、必死に考えた。

すると祖父の顔が浮かんできた。その顔は、「いいものを作ってやろうか」と笑っていた。

母方の祖父母は神奈川県の大磯に住んでいて、去年の夏休みに母親と二人で行き、勇樹だけ残って何泊かしたことがあった。

(ジイジが作ってくれた)

祖父の掌には、Yの字に似た形をした木の枝が載っていた。一度家の中に入ると、太いゴムと何かの革の切れ端を持ってきて、縁側に並べた。

「いいか、見てな」そう言いながら、二本のゴムをそれぞれの枝に巻きつけて、たこ糸できつく結んだ。次に、四角い革の切れ端の両端に切り込みを入れて、ゴムを通し、結び目を作って抜けないようにした。

「これで、できたぞ」

「何、それ」

「パチンコって言うんだ。見ていろ」

祖父がポケットからプラスチックのボールを取り出し、右手でそれを革の部分で包むようにして持った。ゴムのついていない枝を左手で握って腕を伸ばし、目の高さで止める。ボールを摘まんでいる右手を強く引いて、狙いをつけると一気に放した。ボールは勢いよく飛んで、庭の木に当たった。

「すごい」

祖父がパチンコを勇樹に手渡してくれた。「やってごらん」と言って、ポケットからもう一つボールを取り出した。

最初はうまく飛ばなかったが、すぐにコツを摑み、勢いよく飛ばせるようになった。

祖父が的を作ってくれて、勇樹は夢中になって的当てで遊んだ。

「ビー玉でやれば、もっと飛ぶんだけどな。でもまあ、それはママが心配するから、やめておこうか」と、祖父が笑いながら言った。

その祖父も冬になって病気になり、今では寝たきりになっている。

（あのときのパチンコよりもちょっと大きいものを作ったら、となりの家までとばせるんじゃない？）

去年の経験からそう考えたが、この家に材料があるかどうかが問題だった。

真っ先に、お兄ちゃんのところなら、と思った。

秋生は精巧なプラモデルを組み立てたり、ミニ四駆を改造したりしてきたので、パーツや道具類をたくさん持っている。勇樹から見れば、それらが入っている箱は宝箱のようで、自分も大きくなったら、あんな風にいろいろなものを揃えたいと思っていた。今は誰にも怒られないで、その宝箱に触れられると思うとちょっと嬉しくなった。

勇樹は秋生の部屋に入り、木の枝の形を思い浮かべながら、似た形を探していく。部屋中にものが散乱していて、下手に動けないから、先ずは入り口に立ったままで見回した。

机の上を見たあと、隣のラックを下から順に見ていく。二段目に何かの機械が載っていて、その奥にいろいろな道具の入ったプラスチックの箱がある。前から目をつけていた宝箱の一つで、探し物が見つかりそうな気がした。

ラックまでの間にはマンガ本とフィギュアが散らばっていた。机の上のスマホを取ったときと同じだった。ただ今回は、何箇所か床が見えていて、それぞれ片足なら置けそうだった。少し大股で行けば、行けないことはない。一歩、二歩、三歩で行ける。

（行っちゃおうかな）

一度はそう思ったけれど、片足しかつけないから、勢いをつけて一気に行かなくてはならない。少しでもバランスを崩すと転ぶか、床に散らばっているものを踏んで音を立ててしまうかもしれない。

（やっぱり、やめよう）

スマホを取りに行ったときと同じように、ラックまでのルートに散らばっている本やフィギュアを取り除いて進むことにした。時間はかかったけれど、音を立てずにラックにたどり着くことができた。

二段目にある機械を持ちあげて少し横にずらした。奥にあるプラスチックケースを持ちあげる。予想より重かった。手前の機械をもっと横に動かし、プラスチックケースをしっかり持って、少しずつ手前に移動させた。

中には、勇樹が前々から憧れていたものが詰まっていた。ドライバーやペンチ、レンチなどの工具が入っている。秋生のように、これらを使いこなせるようになるのが、夢だった。だから秋生がこれらを使っているのを見ると、側に行って、工具の名前を教えてもらっていた。それも幼稚園の頃の話で、最近は聞いても、うるさそうに追い払われてしまう。でも、この箱に入っている工具の名前はほとんど覚えてしまっていた。戦隊や合体ロボットの名前より知っているかもしれない。ただ、どういうときに使うかは、半分ぐらいしかわかっていなかった。

勇樹のお気に入りは、レンチだった。ティーガタレンチ、エルガタレンチ、メガネレンチなど、いろいろな種類があるのがいい。

勇樹は顔を動かし、箱の中をいろいろな方向からよく眺めた。頭の中に三つ股の枝を思い浮かべて近い形を探していくが、手でかき回すわけにはいかないので、一つひとつの形を捉えるのが難しかった。

（あっ）ちょっと気になるものが目に入った。ニッパーかペンチ、あるいはプライヤーかもしれないが、持ち手が少し広がっていて、木の枝の二股に分かれた部分に近い形をしていた。パチンコを作るのに、長さがちょうど良さそうだった。

すぐに手に取ってみたかったが、その上にあるいくつかの工具を取り除かなければならない。勇樹はどういう風に取れば音が立たないかを考えながら、道具箱の中をじっと見つめた。取り除く順番を決めると、先ず一番上にある、エルガタレンチを親指と人差し指で摘まみ、引きあげて足元にあったマンガ本の上に置いた。次に、スパナを摘まむ。少しあげると、ほかのものに触れそうになるので、横に引く。引き過ぎると手前にあるノギスにぶつかりそうになる。そこで止めて、真上に引きあげる。自分の腕が本当にクレーンゲームのクレーンになったようだった。ゆっくりと直前に取ったレンチの横に置く。

目的のものの大部分が見えてきて、プライヤーだとわかる。先端部分の上に四角い板と穴あけポンチがかかっている。それらをそっとずらす。緊張で指がこわばってきた。

ようやくプライヤーの全部が表に出てきた。最後はそれを右手の指全部を使って持つと、真上に引きあげ、肘を曲げて胸元へ持ってきた。

プライヤーはペンチに似ているが、先端の挟む部分が少し動くので、その分柄が広く開くようになっている。今もパチンコに使われた枝と同じような角度で開いていた。十二、三センチほどの長さの柄は少し外側に膨らんでいて、パチンコの玉が通るところが広くなるので、都合がいい。ただ手に取ってみると、柄はすぐに閉じてしまう。当たり前だった。二本の柄を両手で持ち、開いてみる。うんうんと二度頷く。このままの形で止まってくれれば、パチンコに使える。ただ手を離してしまえば、すぐに柄が元通りに狭くなってしまうのを何とかしなければならない。

（ええと、ええと……）

考え続けていると、いつもの通り、考えるのをやめて違うことをしたくなってくる。今は考えるしかないんだと自分に言い聞かせて、プライヤーを見つめ続けた。

（あ、そっかあ）

勇樹は周囲を見回す。道具箱の奥に細かいものがいっぱい入っている箱があった。プライヤーを足元に置いてから、その箱を持ちあげて引き寄せた。ビスやボルトなど雑多な留め具が入っている箱だった。今の勇樹には、それらの本来の用途はどうでもよく、都合のよい大きさのものを探した。

（見つけた）

太いボルトの下にある、六角形のナットを見つめた。二、三センチくらいで、大きさがちょうどよさそうだった。邪魔になっているボルトをそっと摘まんで脇にどけて、ナットを摘まみあげる。そのまま胸元に持ってきて、床に膝を突いた。

プライヤーを手に取り、柄を開くと、先のギザギザのところにナットを挟んでみる。これで柄の開きが固定された。これだ、と思った。気が緩んで柄を押さえる指の力も緩めてしまい、ナットが落ちてしまった。床に転がりそうになるのを、腿のところで掌で叩くようにして止めた。

（あぶなかった）勇樹は目を見開いて深呼吸をした。

気を取り直して、手にしている二つを見比べてみる。プライヤーの刃にナットを挟んで柄を開いたままにしたとして、そのあとどうしたらいいんだろう。

プライヤーの柄を開いて目の前に掲げた。二本の柄に、それぞれゴムをつけたところを思い描く。頭の中で二本のゴムを革でつなぐ。その革の部分にビー玉を包んで、それを右手で摘まんで引っ張る。祖父が作ってくれたパチンコの形を重ね合わせて、完成した姿を想像してみた。そうすると、左手でプライヤーの先の部分を持つことになる。

勇樹は実際に左手でプライヤーの先を握って、パチンコを撃ったときのように前に突き出して構えてみた。持つところが小さいから、親指と人差し指、そして中指の三本でしか摑めない。柄を引っ張るとぐらぐらして、全然力が入っている感じがしなかった。祖父が作ってくれたパチンコは左手でしっかり握れるようになっていたので、右手で力いっぱいゴムを引くことができた。これではダメだと思った。

（どうすれば、いいの）

どうして難しいことばかり出てくるんだろうと、勇樹は唇を嚙《か》みしめた。目に力を入れて、涙がこぼれないようにする。これまではできないことがあると、必ず誰かが手を貸してくれた。一人でできるのにと、不満に思うこともあったけれど、全部を一人きりでやろうとすると、ものすごく難しいのがわかってきた。それでもどこかに隠れていようとは思わなかった。自由に動けるのは自分しかいない。みんなを助けることができるのは、自分しかいない。それだけは忘れていなかった。

19　秋生　午後七時二十九分

後ろに回された腕は手首をガムテープで巻かれ、左右の親指同士がかろうじて触れることができる状態だった。どの指もガムテープに触れず、できることは限られる。秋生は左右の手首を互い違いに動かし続けていたが、一向に拘束が弱まりそうな手応えを感じられなかった。

(この短い人生で、二度もこんな目に遭うなんて、何なんだよ)

否応なく九年前の誘拐に思いがいく。と言っても、秋生は誘拐されたときのことを、あまり覚えていなかった。どういう風に拉致されたのか、どんなところに監禁されたのか、いつ解放されたのかなど、その二日間の経過を思い出せないのだ。いくつかの断片的な記憶が残っているだけだった。目隠しをされて後ろ手に縛られていたのを、そのときの感触とともに覚えている。それは今も拘束に対する過剰な反応を引き起こしている。あとは、「おまえの親は身代金を値切ってきたぞ。つまり子供の命を値切ってきたわけだ」と言われ、殺されてしまうと恐怖したのが、記憶のすべてだった。

子供の命を値切った、という言葉はわだかまりとなって、その後も引きずった。小学生の頃、パパはぼくが死んでもいいと思ったのかな、という疑いが常にあった。中学生になると、そんなことを考えてもしようがないと、考えること自体をやめようとした。誘拐事件を扱ったドラマでも、今用意できる金はこれだけだという交渉はつきものだった。それを犯人が「値切る」と言ったので、心が傷ついただけの話だと思うようにした。

（あのとき、金はあったんだよな）

代々の地主だったという話を聞いて、そう思った。秋生にとっては初めて聞く話だったが、世田谷に千平方メートルの土地を保有するには、元手が国家公務員の給与だけではないのは当然とも言える。

平日は深夜まで帰らず、休日も出かけることが多く、子供と過ごす時間がほとんどない父親だった。子供たちが気楽に話せる相手ではない。先祖がどんな人たちだったのかなど、聞く機会もなかった。

（身代金を払ったあとも、贅沢な生活をしてきたんだから、犯人に渡した金なんか余裕の金額だったんだろうな。つまり、本当に値切ったんだな）

思い出したくないことが頭に浮かんだせいで、昔の疑念が復活してきた。

（金がなくて値切ったわけじゃない。金はあるけど、値切ったんだ。誘拐犯が怒って息子を殺してしまう可能性は考えなかったのか）

そうだ、あいつは考えなかったんだ。この金額なら助けるけれど、それ以上だと金の方が惜しい。そういうことだったのだろう。誘拐は警察沙汰にはならなかったから、犯人とサシの金額交渉だった。他人の目を気にする必要がなかったから、泥臭い交渉だったに違いない。

そう言えば、なぜ警察に言わなかったのだろうか。それに、誘拐されたことは誰にも言うなと口止めされた。犯人と何か密約を交わして、身代金を減額したのだろうか。今そんなことを考えてもしようがないと思いつつ、つい疑問を深追いしてしまう。

「おい、浮かない顔してるじゃねえか。どうした」男が秋生に近づいてきて、口を塞いでいるガムテープを剝いだ。

現実に引き戻された。

「こんな状態で浮かれた顔なんてできるかよ」不機嫌さを隠さなかった。

「おめえは、口だけは達者だな」

「あのさ、この家の防音性能は優秀なんだよ。ガムテープなんか貼らなくても、大丈夫なんだけどな」

「なるほど」男はそう言うと、窓際へ行き、窓ガラスに顔をつけるようにした。「確かにな。壁は厚いし、窓ガラスも三枚入っている。これならおめえがいくら悲鳴をあげたって外には洩れねえってわけか」

男が秋生の側に戻ってきて腹や脛を何度も蹴った。秋生の口からは、我慢しても呻き声が洩れる。

「ほんとはびくついてやがるくせに」男が馬鹿にしたような笑いを浮かべる。

「びくついてるのはそっちだろ。女子供まで動けないようにしてさ。過剰防衛ってやつだな。自分の弱さを曝《さら》け出してるじゃないか」

何もかも腹立たしかった。殴るなら殴れよ、と思った。神経が麻痺《まひ》してきている。

「この野郎」男が叫びながら立ちあがり、右足で秋生の腹を蹴った。秋生が身体を丸めながら呻いた。

「大声をあげたっていいんだぞ」男が今度は背中を蹴ってきた。「泣いてもいいんだぞ」首のあたりを蹴られる。「おら、どうだ」顔面を蹴りあげられ、秋生の鼻から血が迸った。

亮子がガムテープの下で、くぐもった悲鳴をあげた。

「どうやら、おめえは俺と話したいようだな。いいぞ、暇だからつき合ってやる」男が秋生の側で胡坐をかいた。

「どうした、何か言えよ」男が秋生の頬を小突く。

「何も、話す、ことなんか、ない」

「遠慮するなよ。親父への不満でも、聞いてやろうじゃねえか」

男は立ちあがって冷蔵庫から缶ビールを持ってきて、また秋生の側に座った。

「俺は親父の顔を知らねえんだ」ビールを一口飲んで、続ける。「死んだわけじゃねえ。おふくろも、誰の子なのかわからなかったんじゃねえか。私生児ってやつよ。だから、おめえみてえに、親父を憎むってことができねえのさ」

「でも、顔はわからなくても、あんたと母親を捨てたんだから恨んでいるんじゃないの」秋生はつい、聞いてしまった。

「さっきから、あんた呼ばわりするんじゃねえよ」

「名前を知らないからね。何て言うの」

「言うか、馬鹿。そうだ、おじさんと呼べ。それがいい」男が機嫌の良さそうな声音で言った。

「で、親父のことだったな。おふくろは、いろんな男とやっていたんだ。そういうのを商売にしていたんだよ。わかるか」

「売春婦だろ」

「平たく言やあ、そうだ。馬鹿にしたような顔をしたがな、おめえの先祖にもそういう商売をしていたのがいたかもしんねえぞ」

男は何がおかしいのか、しばらく笑っていた。

「人生、何がどうなるのか、わからねえぞ。俺のおふくろも、前はいい暮らしをしていたらしいんだ。金持ちと結婚してな。ところが別れちまったんだな。でもよ、大とは言わねえが、まあまあの会社の社長と再婚した。なかなかのもんさ」男は缶ビールを三口立て続けに飲む。「で、また、ところがだ。会社が倒産して、旦那が自殺してしまったんだと。家や何やかやが全部抵当に入っていて、無一文になってしまったわけだ。ついてねえ人間なんて、そんなもんよ」ビールが空になり、男はキッチンに行ってもう一本手にしてきた。「どこまで話した」缶を開け、大きく一口飲む。「倒産して無一文になったとこだな。実家の兄弟姉妹とは、親が死んだときの遺産争いで仲が悪くなっててな、頼る相手もいねえ。結局は水商売だ。世間知らずの女がだ。うまくいくわけがねえ。流れ流れて場末の店だ。男に惚《ほ》れては捨てられての人生だ。そんなときだよ、俺が生まれたのは。何を思って産む気になったのか知らねえ。金が要るようになって、さっきも言ったように身体を売るようになった。ヤクも覚えた。今じゃ、自分が誰かもわかっちゃいねえ。そんなとこで育ったんだよ、俺は」缶ビールに口をつけて、間を置いてから続ける。「もうそこで、俺の人生は決まってたんだよ。中学を出て一応は堅気の仕事についたがな、すぐに風俗に行った。で、結局はヤクザの世界よ。俺にはマエがある。相手は、まあ、小せえとこだが組長だ。女にやらせている店へ入るところをズドンだ。あんときは俺も若かったからな。やってくれるか、あいよって、そんな感じだ。で、八年食らった。今年、やっと出てきたところよ」

男は酔ってきたのか、よく喋る。最後の方は自慢話のようだった。

「相手は死んだ?」

「ああ」

殺人事件なら十年以下の懲役であるわけがないと、秋生は訝しんだ。殺人未遂でも懲役八年は軽い。父親の殺害を考えてから、量刑について興味を持ち、インターネットでいろいろな事例を見てきた。その知識によれば、暴力団同士の抗争絡みの殺人未遂事件なら、主犯ともなれば無期か最低でも十五年以上の懲役だった。八年というのは、従犯でも軽い方じゃないかという気がする。見張り役とか運転手役で、多少凶器を振り回したくらいだったのではないか。(自分を少しでも大きく見せようとしているだけじゃないか、馬鹿じゃないの)秋生はそう言ってやりたかったが、口には出さないでおいた。

男は自慢話をして機嫌が良くなったのか、ビールを一気に呷った。

「まあなあ、俺もこういう家に生まれてたら、ちょっとは違ったろうよ」

「親ガチャに外れたってわけ?」

「何だ、それは」

「ガチャポンって知ってる?」

「おお、ガキの頃にやったな」

「あれは開けるまで何が入っているかわからないよね。運任せだから、自分じゃどうしようもない。だから子供は親を選べないって意味で親ガチャって言うんだ。あんたは、親ガチャに外れたんだよ」

「へっ、そういうことか。そんなもん、妙な言い方しなくっても昔からよく言ってることじゃねえか。ああ確かに、大外れだったよ。当たりの奴には腹が立つぜ。おめえは当たりってわけだ」

「俺も外れさ」

周りからおまえは当たりだよなとよく言われてきた。金の面だけを見ればそうかもしれないが、それだけじゃないからと、いつも心の中では反論していたのだ。

「おめえは、おめえで辛いってか。金には不自由してねえだろう。俺に言わせりゃ、金があるってだけで、辛さは百分の一にも、万分の一にもなるんだよ。おめえのは、蚊に刺されたのを、スズメバチに刺されたと勘違いしているようなもんよ」

そう言うと、男は笑いながら秋生の頭を撫で回した。

20　勇樹　午後七時三十二分

勇樹は目を瞑《つむ》り、頭の中で祖父が作ってくれたパチンコと目の前の材料を重ね合わせ、欠けている部分を何で補えばいいかを考えていた。

今不足しているのは、左手で握る部分だった。

マンガ本の上に置いたスパナが目に入り、取りあげて握ってみる。

（こんなのがついていればいいんだけどなあ）

スパナをプライヤーの刃に重ねてみて、うんうん、と頷く。この二つが合体すれば、祖父のパチンコに近くなる。

（お兄ちゃんならできるかな）

自転車のベルが壊れて泣いていたときに、秋生が珍しく直してくれたのを思い出した。

ベルはハンドルに取りつけるための金具についていたのだが、それが取れてしまったときのことだ。秋生は自分の部屋から小さなチューブを持ってきて、「これは何でもあっという間にくっつけてしまうんだ」と言った。「指を出してごらん」と言われて、何となく恐くなって手を背中に回した。秋生は「勇樹はいくじなしだからな」と言って笑った。楽しいときの笑い方ではなく、いじわるをするときの笑い方だと感じたのも思い出した。

あのとき秋生は、チューブから透明なものを出して金具につけ、その部分をベルに押しつけていた。そして、本当にくっついた。

チューブの形と大きさは覚えている。この部屋のどこかにあるはずだ。勇樹は立ちあがって、部屋の隅から隅へと視線を動かしていった。

床の上に散乱しているものの中にはなさそうだった。ラックを見ていく。上の二段にはプラモデルの箱が積み重なっている。その下の段にもいろいろな紙の箱が並んでいる。もう一段下は勇樹の胸の位置で、ここはプラスチックケースが多い。工具が入った箱もこの段にあった。

勇樹は手前のケースから順番に見ていった。視線が最も離れた位置にあるケースのところで止まった。半透明の引出しのついたケースだった。中身がぼんやりと見えていて、色は赤や青、そして白と黒が見える。形は、と思って見ていると、記憶と一致するものがある。チューブのキャップだった。最初に目に入った赤と青は、それらの色だったのだ。

ケースまで一メートル五十センチぐらいあり、やはりそこまでには本や文房具、そしてフィギュアが散らばっている。目的の場所がわかれば、そこまでのルートの作り方は学習している。工具を取ったときと同じ要領で、ケースに手が届くところまで行き、チューブが入っている引出しごと持ってきた。

引出しの中を見ると、赤と青の二種類のチューブが入っていた。チューブ自体はどちらも白いけれど、キャップとラベルの色で区別がつくようになっていた。

(お兄ちゃんがつかっていたのは青だった)

青いラベルのチューブは何本かあった。よく見ると、ラベルに書かれた文字の形から、二種類あるのがわかった。

(どっちかな。そうだ、お兄ちゃんがキンゾク用だって言っていた)

「キンゾクヨウって?」と聞くと、「こういうピカピカしたやつをくっつけるんだ」と教えてくれた。

そのとき秋生が指したチューブの横に、「金」という字があったのを思い出した。学校で習ったばかりの字だったので覚えている。勇樹がくっつけようとしているのは三つともピカピカしているので、同じでいいと思った。

勇樹は二種類のチューブのラベルの中の文字を見ていった。片方に「金」という字を見つけた。もう一方にはなかった。

(これだ)

選んだチューブを床に置き、いったんラックに戻って引出しを元通りにすると、プライヤーとスパナ、そしてナットを床に並べた。ラックまでのルートに本を積んで、人が通ったのがわからないようにするのを忘れなかった。

勇樹は座り込み、近くにあるマンガ本を膝の前に持ってきて、その上にナットを挟んだプライヤーを置いた。接着剤のチューブのキャップを外して右手で持つ。左手でナットをそっと摘まみあげ、チューブから押し出したゼリー状の液体を側面に塗る。ナットを元あったところに戻すと、プライヤーの柄を閉じて、しっかりと挟んだ。

(お兄ちゃんは、あっという間にくっつくと言っていた)

でもそのあとで、「ちょっと、このままにしていろよ。十分ぐらいしたらさわってもいいかな」と言っていたのも思い出す。

勇樹は、今そう言われたように頷き、プライヤーの柄を押さえ続けた。視線をベッドのヘッドボードの上にあるデジタル時計に向けた。

十分後、手を離してみた。柄を持って動かす。ナットは外れなかった。

(くっついている)

思わず笑みが浮かんだ。勇樹はプライヤーをひっくり返し、そこにスパナのコの字になっている部分に接着剤を塗ってから重ね、軽く押しつけるようにした。

そのうち、スパナをずっと手で持っているのが辛くなったので、傍らにあった薄い本をスパナの下に差し込んで、水平を保つようにした。

少しの間じっとプライヤーとスパナを見ていたが、待っている間に別のことをしようと思い立った。さっきじっとしていた十分間がもったいなかった。

(ゴムをさがそう)

祖父がパチンコに使ったゴムは、厚く平べったかった。でもそんなゴムは、この家にはない。ゴムと言えば、輪ゴムしか見たことがなかったが、それでは、遠くに飛ばすことができないのはわかる。

（ええと、ええと）懸命に考える。（ママが、わゴムを長くしてくれた）

何かを工作しているときだった。輪ゴムの長さが足りなくて困っていたときに、母親が二つの輪ゴムをつないでくれたのを思い出した。

「こうすれば、つながるでしょ」と、やってみせてくれた。

それを何回か繰り返せば、いくらでも長いゴムができる。でも細いままでは、やはり遠くに飛ばせない。

（もっと太くしなくっちゃ）

輪ゴムを長くしたものを何本も作って束ねれば強くなりそうな気がした。そう考えると、勇樹は笑顔になった。

輪ゴムの買い置きがある場所は知っている。一階のストックルームだった。

勇樹は廊下に出て、階段をおりた。踊り場で止まると、壁に身体をつけて一階の様子に聞き耳を立てた。階段の正面が応接室のドアで、左に行けば玄関ホール。その隣がストックルームになっている。

勇樹は階段をおり切ると、顔だけを少しずつ出して廊下を見た。人影は見えないが、足音が聞こえてくる。廊下に出てくるかもしれなかった。

（がまん、がまん）何となく、我慢できる自分が格好よく思えた。

冷蔵庫のドアが開けられる音がした。廊下にはパントリーの手前にドアがついているが、今は開いているのでキッチンからこちら側は見えてしまう。まだ動けない。何かをテーブルに置くような音がした。ダイニングの椅子を引く音。

今なら大丈夫。勇樹は足音を忍ばせて廊下に出ると、ストックルームの前まで行った。引き戸の取っ手に指をかけ、そっと開ける。中に入り、やはりそっと閉める。手探りで照明のスイッチを探して点けた。

この部屋には日用品の買い置きが収められている。三面にラックが設えられており、トイレットペーパーなどのペーパー類や洗剤のボトルが並んでいる。その中に輪ゴムの箱が二つ重なって置いてあった。

勇樹は二箱手に取ったが、少し考えてから一つだけにして扉まで戻った。戸に耳を近づけて廊下の様子を探る。戸を少し引いて、隙間に目を当てる。隙間を少しずつ広げる。廊下に人影はなかった。

左手に輪ゴムの箱をしっかり持ち、廊下に出て戸を閉める。今男が廊下に出てくれば丸見えだと考えると、身体がこわばりそうになる。

リビングの方からドロボーと秋生の声が聞こえる。

(今だ)

勇樹はゆっくりと歩き出した。そのとき、何かを強く叩く音がした。走りたいのを我慢して、同じペースで階段まで行った。

「このヤロウ」男の声がした。

勇樹は直立のまま止まった。

鈍い音がしたあとに秋生の呻く声が聞こえてきた。男がまた乱暴しているのだとわかった。勇樹は顔を歪めて階段をあがり、秋生の部屋に入った。大きな吐息が洩れた。汗でポロシャツが重く感じられた。

21　健治　午後八時二分

「それ、全部食べて大丈夫？」

菜緒の言葉に、健治はフォアグラのソテーの上でナイフを止めた。

「健康を気遣ってくれているのか？　それとも、これも欲しいのか？」

「心配しているに決まっているじゃない。奥さんは、あなたに早く死んでもらった方が嬉しいでしょうけど、私は本当に心配しているの」

「亭主が死んで、あとは悠々自適か。ふん、死ぬ前に金は全部使うさ。家族に金を残すつもりはないからな。おまえだって、要するに金蔓《かねづる》の心配だろ。大丈夫、今のところはコレステロールも中性脂肪も肝臓の数値も問題ない。だから、これは」と言って、健治はフォアグラの残りを口に入れた。

「油断していると知らないから。もうすぐ五十なんでしょう」菜緒がナイフとフォークを置いてから言った。「今ね、オーガニック料理のクッキングスクールに通っているの。近い内に手料理をご馳走《ちそう》してあげるわね」

「へえ、そんなことを始めたのか」

「だって、あなたはほとんど外食でしょ。身体に毒なだけだもの。だから私のところに来るときは、健康にいい料理を食べてもらおうと思って」

「今は司法試験対策に時間を使った方がいいんじゃないか?」

菜緒は神奈川にある国立大学の法学部を出て、同じ大学の法科大学院に通っていた頃、銀座のクラブでアルバイトをしていて健治と知り合った。親からの仕送りはわずかで、生活費は自分で稼がなくてはならないという話だった。健治は酔っても理屈っぽい話が好きだ。接待されていった店でも、ついそういう話をしてしまう。菜緒だけがそれについてきた。ときには健治をやり込めるほどだった。おもしろいと思い、店の外で会ったのが、菜緒との始まりだった。

大学院を修了したあとは、健治が生活の面倒を見ているので、就職せずに司法試験の勉強をしている。

「あなたのおかげで、ハングリー精神が希薄になってしまったようよ」

「どういうことだ?」

「子供の頃からずっとお金の苦労をしてきたから、何としてでも司法試験に合格してそれなりの地位を摑もうと思っていたけど、今はお金の苦労がないから、そういう気持ちがちょっとね」

「湧かないってわけか。でも、取っておいた方がいいぞ。俺とのことだって、どうなるかわからんよ」

「それはそれでいいのよ。私にとってどっちが幸せかって問題だから」

「どっちって?」

「何か、がむしゃらに司法試験の勉強をしているより、誰かの世話をする方が性に合っているみたい。料理を習って、こういう食事を作ってあげようとか、次は何をしてあげようとか、そんなことを考えている方が楽しいのよ」

「いわゆる家庭的な女ってわけか?」

「違う、違う。別に家庭に入りたいって考えているわけじゃなくて、私は私で今幸せに感じることをしたいだけ。あなたの気持ちが変わっても、全然構わない。私はたぶん一人でも生きていけるから」

確かに菜緒は以前から、一緒にいるときにいろいろと世話を焼いてくれる。かなり勝気なところがあるはずなのに、健治の前ではそんな面はまったく見せないのだ。そして、まだ勤めた経験がないけれども、その気になればどんな仕事でも人並み以上にできるのは間違いないだろう。

菜緒は司法試験をこれまで四回受験していて過去三回は不合格だった。一回目は短答式試験で合格点に達していなかったが、二、三回目はいいところまでいっていた。今年はまだ結果が出ていないが、本人は自信がないと言っている。

「三十までには合格したいと言っていたじゃないか。今年がだめなら、来年がラストチャンスだ。どちらにしても来年は五回目だからな」

五回で合格しないと、再度法科大学院を修了するか、予備試験に合格しなければ、以後の司法試験を受けられない。

「そうよね。もう一度やる気を出さなきゃ」菜緒がちょっと眉根を寄せ、視線を泳がせた。

彼女が司法試験に合格しようがしまいが、健治に関心はないが、試験にチャレンジしている菜緒を見ているのは好きだった。妻とはほとんど共通の話題がない。話してもおもしろくないから、家では無口になっていく。菜緒といるときが素の自分だと思っていた。何でも話せるのが心地よいのだ。

「今日はやけに小食だな」健治は、菜緒のプレートに、肉が残ったままナイフとフォークが置かれているのを見て、茶化すように言った。

「最近、胃の調子が良くないの」

そう言えば、彼女が選んだのは軽めのコースだった。最近はワインも控えている。この前の懐石料理では、最後の食事で鯛《たい》の炊き込み釜めしが出たのだが、以前は好物だったのに手つかずだった。

「病院で診てもらったらどうだ。いろいろ出てくる年だぞ」健治は本気で忠告した。

「嫌な言い方ねえ」菜緒は笑顔を見せながら、「ちょっと失礼」と言って立ちあがった。椅子の背もたれに置いてあった小さなバッグを手にして、化粧室の方へ向かっていく。

健治はその後ろ姿を目で追った。会話のテンポがいつもより心なしか遅いようだった。食事の途中で席を立つのも珍しい。本当に調子が思わしくないのかもしれない。となると、今晩は菜緒のマンションに泊まる予定をどうするかだ。とにかく、家に帰る気にはなれないのだが……。

22　勇樹　午後八時四分

勇樹は輪ゴムの箱を持って秋生の部屋に入った。箱を床に置き、接着剤を塗って合わせたプライヤーとスパナをそっと手に取ってみる。

（くっついている）

押しても引いても、捻じってても離れなかった。口元に笑みを浮かべながら、もう一方の手で輪ゴムの箱を摑んで両親の部屋へ移動した。

持ってきたものを床に広げた。勇樹はそれらを眺めて首を捻った。カーペットの細かい模様のせいで、見にくかった。口を尖《とが》らして腕組みをして顔をあげる。父親用と母親用のウォークインクローゼットのドアが見えた。しばらくじっと見ていると、母親のウォークインクローゼットに入った。スカーフがかかっているところから、無地に近い水色のスカーフを手に取ると、作業場所に戻って床に広げた。

スカーフの上に、プライヤーとスパナをくっつけたものと輪ゴムの箱を並べる。格段に見やすくなり、満足げに頷く。

箱を開け、中から輪ゴムを二つ取り出す。母親の手つきを思い出しながら、輪ゴムを絡ませてみるが、なかなかつながらない。

（ええと、ええと、ママはこう持ってたでしょ）左手の親指と人差し指に輪ゴムをかけながら、（それで、こっちを）右手も同じようにして、向きをいろいろ変えてみる。

（こうかな）片方を縦にして、もう一方を横にしてみる。

互いを近づけて相手のゴムを摘まみ、左右に引っ張ってみる。

（できた、できた）

二本の輪ゴムがつながった。

勇樹はまた笑顔になり、箱から輪ゴムを鷲掴《わしづか》みにすると、スカーフの上に放った。

真剣なまなざしで、輪ゴムを一本手に取る。二本つながった輪ゴムにもう一本を同じ要領でつなぐ。

（あれ？）同じ箇所で三本の輪ゴムがつながってしまった。これでは長くできない。

（何で？）

新たに輪ゴムを二本手に取ってつなぐ。二本だとすぐにできた。つながっているところを緩めて、凝視した。ゆっくり外してみる。どういう風につながっているのかがわかった。

また二本をつなぎ直した。もう一本手にして、今度はつながっているところとは反対側に新たな輪ゴムを引っかけ、両方の親指と人差し指で摘まんだ。左右を交差させて、互いの指を持ち替えて左を引く。そのとき右手の指は二本つながりの輪ゴムの方を持つ。

（つながった）目の前に、三本つながった輪ゴムを掲げた。

すぐにもう一本手に取り、同じようにつなぐ。さらにもう一本。五本の輪ゴムがつながった長い一連のゴムができた。それをスカーフの上に置き、すぐに次の輪ゴムに手を伸ばす。もう一連はすぐにできた。スカーフの上に置くと、輪ゴムは直線状にはならず、ぐしゃっとした塊になった。最初に作ったものもそうなっている。これでは両端がわかりにくいし、何連も束ねるときに不便だった。

勇樹はちょっと考えてから、自分の部屋へ行った。レゴが入っている大きなボックスの前でしゃがんだ。音を立てないように基礎板と五、六個重なったレゴを二つ摑んで作業場所に戻った。

基礎板に二十センチほど離してレゴの小さな塔を差し込んだ。そこに五本つながった輪ゴムの両端をかける。これで一連の輪ゴムが直線状になった。

そこからは早かった。短時間に五本の輪ゴムがつながったものが五連できた。それらの両端に指をかけて、レゴから外して引っ張ってみる。簡単には伸びなかった。強いゴムができたのを実感した。

（よしっ）

勇樹は再び輪ゴムを手に取り、同じ五連のセットを作った。

プライヤーの柄にゴムの束をかけてみる。簡単にかけられるけれども、すぐにずり落ちてしまう。かけている輪ゴムを捻じってきつくしてみるが、やはりすぐに緩んでしまう。

勇樹は祖父がパチンコを作っていた姿を思い出してみた。

（ひもでむすんでいた）

祖父は枝にゴムを巻いて、「これはたこ糸って、じょうぶな糸だ」と言いながら、ゴムの折り返したところをその糸で縛って動かないようにしていた。

勇樹は唇を嚙んだ。縛るのが苦手なのだ。できれば、違う方法にしたかった。縛る代わりによく使うのは粘着テープだけれど、勇樹が持っているものはちょっと弱そうだった。

（お兄ちゃんのへやに、じょうぶそうなテープがあった）

秋生の部屋に入って探す。床に散らばっているものの中に黒と赤のテープがあった。床に左手を突いて体重を支え、右手を伸ばして黒いテープを取りあげた。近くにあったハサミも手に持つと、全部を半ズボンの左右のポケットに入れた。動くときには両手を空けておくのをルールにした。

音を立てないようにして両親の寝室に戻り、スカーフの上に持ち込んだものを並べた。

ビニールテープを取りあげ、数センチほど引き出しておく。プライヤーの柄に輪ゴムをかけて引き絞り、そこにテープを当てて引き出した分だけ巻く。さらにその上から一回、二回と回していき、八回巻いてから引っ張ってみると、すっかり固定された。ハサミでテープを切る。

プライヤーのもう一方の柄を持つ。同じようにゴムをかけてテープで固定する。

これで、六十度ぐらいに広がったプライヤーの二本の柄に、太い輪ゴムの束がぶらさがった。あとは、ビー玉を摘まむ部分を作り、輪ゴムの束につなげればいい。

ジイジは、「ここはカワがいいんだ」と言っていた。

（カワって、パパやママがきているカワのコートのことだよね）

そう思うと、勇樹は父親のクローゼットに入った。コートがかけてあるところへ行って、一つひとつ手で触ってみる。

（これだ）

祖父が作ってくれたパチンコに使われていたのと同じような感触がした。勇樹はいったんクローゼットを出て、ハサミを持って戻ってくると、革を切り始めた。簡単には切れない。小さく切れ目を入れて、そこにハサミの刃を突っ込む。勇樹なりに考え、工夫を凝らして、どうにか掌くらいの大きさを切り取ることができた。このとき裏地の布が外れて革だけになった。この薄さだったらビー玉を摑みやすそうだった。

作業しているところに戻ってきて革の切れ端を置くときに、ハサミをプライヤーに当ててしまった。金属音が鳴る。

（あっ）勇樹は動きを止めた。

「何だ、今のは」階下から男の声がした。

音が一階まで聞こえたのだ。

「上に誰かいるのか」男の声。

「いません」亮子の声。

「あんた、二階を全部見てたじゃないか」秋生の声。

「だったら、何だよ、今の音は。気になるな」

今にも男が二階にあがってきそうだった。

勇樹は、虫かごからトカゲを取り出して床に放し、レゴの基礎板からレゴブロックを外して、輪ゴムの箱と虫かごとともにベッドの下に押しやった。ぶつかれば音がするハサミをズボンのポケットへ入れて、革と作りかけのパチンコをスカーフで包んで抱えると、母親のクローゼットに入った。奥に長いコートが並んで掛けられていたので、それらをかき分けて後ろに隠れた。

荒々しい足音が階段をあがってくる。廊下を奥まで行ったようだ。ドロボーがプレイルームと秋生の部屋を見ている場面が頭に浮かんできた。音が近づいてくる。クローゼットを開けている気配。紗月の部屋かもしれない。またクローゼットを開けるような音。近くなっているから、勇樹の部屋か。今度はドアを開ける音がした。トイレのようだった。すぐにまたドアを開ける音。洗面所だ。収納の扉を開ける音が続く。荒々しい足音が廊下に出てきた。

いよいよ勇樹がいる部屋に入ってきた。荒い息遣いが聞こえる。勇樹は深呼吸をしてから両手で口を塞いだ。そうしないと叫び声が出てしまいそうだった。隣のクローゼットが開けられる。すべての音がすぐ耳元で鳴っているような感覚がする。

「ったく、贅沢しやがって」

男が服を引っ張り出して投げつけているようだった。

さっきより息遣いが荒くなって、クローゼットから出てきた。

勇樹が隠れているクローゼットのドアが開けられた。ここでも服を片っ端から引っ張り出されたら、見つかってしまう。勇樹は目をきつく閉じた。

「げっ」という声がして、勇樹は目を開けた。コートとコートの隙間から、男がドアから離れていくのが見えた。

「まったく、ここはトカゲを飼ってやがるのか」

三号が男の足元にいたらしい。寝室のドアが閉まり、すぐに階段をおりる足音がした。トカゲが何かに触って音がしたと思ってくれたようだ。

「また、トカゲがいやがった。おまえが飼っているのか」

「窓を開けていると、勝手に入ってくるんだよ。何匹もいるんじゃない」秋生の声がした。

「嫌じゃねえのか」

「トカゲは誰も嫌がってないね。何も悪さしないし」

(お兄ちゃん、トカゲきらいなのに、へんなこと言っている)

「おめえら、おかしいんじゃねえのか」

三号のおかげで、また助かった。勇樹はクローゼットから出て、三号を探してやさしく手に取ると虫かごに入れた。

23　紗月　午後八時二十八分

(十一時に怜央《れお》が来るのに)

紗月の意識は目の前にある恐怖よりも、家出の計画に支障をきたすことの方に向いてしまう。

電話で妊娠を告げたとき、後藤怜央は紗月に産む気があるのを確認したあと、「今がベストのタイミングということだね」と言った。彼の口癖のようなものだった。自分に起きたことのほとんどを、ベストのタイミングで起こったのだと思う人なのだ。悪いことでも、今気づかされたのはベストのタイミングだった、と言うくらいポジティブ思考の人だ。だから思い立ったら待つことをしない。学生のうちに起業したのも、そういう考え方からだった。

会社は最初から順調にいったわけではなく、むしろ失敗の連続だったけれども、失敗を糧にできる人なので、結果的に当初の想定以上の成果をあげられた。

そんな怜央だから、家出をすると言ったら、「わかった」と言って、すぐに家出の段取りを決めた。書き置きには、家出はお腹《なか》の子と紗月自身を守るために必要だったこと、後日、相手つまり怜央が挨拶に訪問することを明記しようと話し合った。

妊娠していることを親に話したら、父親は中絶を強いる可能性が高いし、相手と別れさせようとして面会できないようにするだろう。母体と子供を守るには、緊急避難的に絶縁状態を作らなければならない、という考えだった。

怜央は、あとで挨拶に行くよと言っていたけれど、何を話すつもりなのかまでは聞いていない。以前一般論として結婚について話したときには、お互いに、形式はどうでもいいという見解だった。紗月は元より両親を見ていて、結婚という形式が重要ではないと思っていた。ただ、身籠《みごも》ってみると、そう簡単に割り切れない気持ちも生まれてきていた。

面倒なことがあると、簡単に逃げるかもしれないよ、と言った真由の言葉が脳裏に甦ってくる。怜央はどれだけ私と子供を大切にしてくれるのだろうか。このあと午後十一時に家の近くで落ち合うことにしているけれど、約束通り行かなかったら、怜央はどうするだろう。携帯に電話して、それでも私が出なかったら——。

そのとき急に男の声がして、紗月は身を竦めた。

「お嬢ちゃんは、高一なんだってな。どうだ、学校は楽しいか」

見上げると、脂が浮いて無精髭が汚らしい男の顔が近くにあった。紗月はすぐに目を逸らした。男の手が伸びてきて、顎を摑まれる。ビニール手袋をしている手だったが、気持ち悪さに虫唾が走る。

「聞かれたらこたえろ」

それでも黙っていると、顎を強く引かれた。

「うっ」と、苦しさに紗月は顔を歪めた。男はなおも引く。

「別に」何にもこたえたくなかった。

「別に、何だ」

何でしつこく聞いてくるの、と腹が立ってきた。

「楽しくなんかない」

「そうだろうな。そういう顔をしている。高校なんて物足りねえだろう。制服着てなきゃ、もう大人だものな」

男は笑いながら、紗月の胸を触ってきた。

「やめてよ」

「威勢がいいな。おまえは親父とはどうなんだ。兄貴みてえに嫌いなのか、それともパパ大好きなのか」

紗月は黙った。すると、男がまた顎を摑み、引っ張りあげる。首が伸び、苦しい。

「どっちでも」顎を絞める力が少し弱まった。「どっちでもない」

「そんなこたあねえだろ」

「興味ないから。関係ないし」

「そういうのを、嫌いって言うんじゃねえのか」

「なぜ、そんなことをしつこく聞くの」

「暇つぶしだ。今は動けねえからな。何かおもしろい話がねえかなと思ってな」

「うちの家族の話なんて、おもしろくないでしょう」

「それがおもしろいんだよ。こんな家に住んで、世の中の庶民から羨ましがられている奴が、実は家族から嫌われているって話はな」

「でも、あなたの得にはならないでしょう」

「言うね、お嬢ちゃん。得にはならねえが、気が晴れる。で、親父のことはどう思っているんだ」

本当にしつこい。けれど今は男が気に入るこたえを言っておくしかなさそうだった。

「もちろん、嫌い」最後の方はゆっくりと言った。もう話しかけてこないでという意味を込めて。

「よしよし」男が満足そうな顔で、紗月の頭を撫でる。「親父は子供に嫌われているのを知らねえんだろうな。だいたい親父は鈍感なもんだ。おもしれえ」

男が喉の奥で笑いながら、紗月の身体のあちこちを撫で回してくる。紗月は悪寒と吐き気がして、身体が震えてきた。

「娘に手を出さないで」亮子の叫ぶ声が響いた。

「うるせえな」男が怒鳴り返す。

そのとき、「ダセエな」と秋生の声がした。「あんた、ダセエよ。抵抗できない奴しか相手にできないなんて」

「おめえは、うるせえんだよ」

「じゃあ、俺とやってみようよ。どっちが強いか。さっきは不意を突かれただけだ。同じ条件なら負けない」

「おめえなんか、屁《へ》でもねえよ」

男が秋生の方へ行く。紗月は、深呼吸をして吐き気を抑える。秋生が男を挑発したお陰で助かった。

（でも、お兄ちゃんが、あんな風に言うなんて）

最近の秋生は父親に対して反抗的な態度を取っているが、もともとは敵愾心《てきがいしん》を表に出さない方だった。

「だったら、ガムテープ取ってくれよ。それとも、恐いか」秋生が腫れあがった顔で挑発するような笑いを浮かべた。

男が秋生の側に立ち、腹を蹴った。「生意気言うんじゃねえ」と、また蹴りあげる。

秋生の口から呻き声が洩れる。

最近ではお互いに無関心で、話すことがなくなっていたが、幼い頃は一緒に遊んでいた記憶がある。その頃は腕白な男の子たちから守ってくれたこともあった。二人で遊んでいたときも、いろいろ気遣ってくれたのを思い出す。

（ほんとはやさしい人なのよ）

それが父親に反抗する気持ちが強くなり、歪んでいった。紗月はその過程を見てきて、自分はあんなものに巻き込まれたくないと思い続けてきた。それでも今、高校を中退しようとしているのは、元はと言えば学歴偏重の父親への反発心から来ているのかもしれない。そういう意味では、自分も兄と同じなのだという思いもあった。

痛めつけられながらも、秋生の顔はどこか笑っているように見えた。狂気を宿しているようで、見るのが辛かった。

24　勇樹　午後八時二十六分

勇樹は男が一階に戻ったあと、クローゼットから出ると、もう一度スカーフを広げてパチンコの材料を並べた。

革の切れ端を手に取り、ビー玉を包めるぐらいに切ろうとして、実際にビー玉を当ててみなくては大きさがわからないことに気づいた。ちゃんと考えていれば、この部屋に入る前にビー玉をポケットに入れていたのにと、悔しかった。

でも今はくよくよする暇はなかった。勇樹は自分の部屋へ行き、机の下からキャラクターの絵が入ったプラスチックのバケツを引き出す。いろいろな大きさのビー玉が五十個ほど入っている。その中から、二番目に大きいサイズを選んだ。直径が二センチのものだ。半ズボンについている四つのポケットに一つずつ入れて両親の寝室に戻った。

ポケットからビー玉を一つ出して、革の切れ端の上に置く。切れ端の両端を持って、ビー玉を包むようにする。必要な長さがわかる。そこにハサミを入れようとして、何か違うような気がして、手が止まった。

(ここで切ったら、ゴムが通せない)

プライヤーの柄からぶらさがっている二本のゴム束を、どうやって革につないだらいいのかを、まだ考えていなかった。

(ええと、ええと)

祖父がパチンコを作っているときの姿を思い描いてみる。革の両端にナイフで切り込みを入れて、そこにゴムを通し、結び目を作って留めていた。

(ジイジのゴムは一本だった)

平べったいゴムだからできたんだ。そう思って、手に持っている輪ゴムの束を見ると、同じようにいかないのがわかる。

(カワとゴムをつなげればいいんでしょ)

つなぐ、という言葉から、手つなぎオニの場面が浮かんできた。オニが三人になったときの様子だった。真ん中の子が両手を伸ばして、右と左の二人をつないでいる。革と輪ゴムの間に、真ん中の子のようにつなぐものがあればいい。

(何でもいいんだ。でも、すぐに切れちゃうのはだめ)

探し物をするならと、迷わずに秋生の部屋へ行った。

（手つなぎオニ、手つなぎオニ）と、口の中で呪文のように唱えて部屋を見回す。視線を床に落としたとき、数枚の用紙と、その端を留めているクリップが目に入った。拾いあげてクリップを外す。以前に、いくつものクリップをつなげて遊んだことがあった。そのとき、手つなぎオニみたいだと言ったのを思い出した。

クリップの先端を両手の指で摘まんで伸ばしてみる。勇樹の力でも伸ばすことはできた。これを穴に通すことはできる。でもそのあと、クリップの端と端をくっつけて留めることはできない。指先にそんな力はない。

（ペンチだ）

秋生が針金をペンチで曲げているところが脳裏に浮かんだ。格好いいと思ったのを覚えている。プライヤーを見つけたときに、道具箱に勇樹でも扱えそうな小さなペンチが入っていた。道具箱を覗き込むと、取りやすいところにそれがあった。クリップはあと三個見つかったので、それらを半ズボンのポケットに入れて部屋を出ようとしたが、もう一つ道具が必要なのを思い出した。

革に穴を開ける道具が要る。穴開けパンチで大量の紙に穴を開けて怒られたときの記憶が甦った。この部屋にもあったと思って見回すと、入り口の近くの床に大きめの穴開けパンチが転がっていた。これはポケットに入らないので、手に持って部屋を出て、両親の寝室の前に行った。

穴開けパンチをいったん床に置き、両手を使ってドアをゆっくり開けた。穴開けパンチを持ちあげて室内に入り、また床に置いて両手を空けると、慎重にドアを閉める。

ドアが閉まってからは動作が速くなった。スカーフを広げているところへ行くと、革の切れ端を手に取り、もう一度ビー玉を包んで必要な大きさを割り出す。今度は、これに穴二つ分の長さを足し、最終的な大きさを決めた。ハサミで、決めた大きさに切る。切り取った革の端を穴開けパンチに差し込み、狙いを定めて押す。紙のときより力を入れなければならなかった。体重をかけたら、きれいに穴を開けることができた。鈍い音がしたけれど、カーペットの上だったので部屋の外に洩れるほどではなかった。もう一方の端も同じようにして穴を開けた。勇樹は革の切れ端を目の前に掲げて、にんまりとした。

ポケットからクリップを取り出すと、指で少し伸ばした。それを革の穴に通し、交差させる。ペンチでクリップの端を摘まんで捻り、縒《よ》りを作る。二重に縒って先端を潰す。もう一つの穴にも同じようにクリップをつけた。

(お兄ちゃんと同じようにできた)

最後にプライヤーの柄につけている輪ゴムの束をクリップのU字形になっているところに通し、残りを縒って留めた。

これで何とか、パチンコらしいものができた。今度は笑顔ではなく、厳しい顔つきになった。

25　秋生　午後八時三十五分

秋生は後ろ手に回された手を小刻みに動かし続けていた。きつく巻かれたガムテープが緩む気配はなかったが、今できる唯一のことだった。

男がキャビネットの棚に置かれている液晶画面に顔を近づけて、低く唸っていた。

「こいつは、さっきから何度も。気に入らねえな」

声を荒らげながら防犯カメラの映像を映し出しているタブレットを手に取ると、亮子の目の前に持ってきた。

「こいつは、知っている奴か」

「いえ」亮子が首を振る。

「おい、おめえは知っているか」

タブレットが秋生の目の前に突き出された。画面は二分割されていて、左側が前面道路の映像だ。そこにゆっくり歩く男の姿があった。スーツを着ていて、顔をこちら、つまり家の方に向けて歩いている。

「あっ」意外な顔を目にして、思わず声が出た。

「知っている奴なのか」男が秋生の顔を覗き込んだ。

「うん、まあ」と返事をしながら、どういうことだと思案した。

「誰だ」

考えてみたが、言っても別に事態を悪化させるようなことではなさそうだった。

「塾の先生だよ」

「おめえが塾をサボって、そんでセン公が様子を見にきたってか?」

「違うよ。去年まで通っていた塾。今は関係ない」

「おかしいじゃねえか」男がタブレットで秋生の頭を小突く。「こいつは、さっきから見てると、この家の前を通るのは三回目だぞ。家をじろじろ見ながらな。何なんだよ」

「知らないよ、そんなの。本人に聞いてくれよ」

「馬鹿野郎」

男がそう言いながら、何かを考えるように上を向いた。タブレットには、串田が歩き去っていく様子が映し出されていた。

「塾の……」と、男が呟き、小さい頷きを繰り返す。そして「おい」と言いながら、亮子に向かっていった。

「おめえは知らねえって言ったな。おかしいじゃねえか。親だったら会っているはずだろうが」

「そんな……。いちいち覚えていません」亮子が高い声でこたえた。

秋生は記憶を辿《たど》ってみた。高校時代に通っていた塾では、確かに保護者も入れた三者面談があって、そのときは母親が出た。串田が担当したのは三年のときに一回だ。一度会っただけなので、顔を覚えていなくてもおかしくはない。

「あの野郎は、何かこの家に用事がありそうだったぜ。そうじゃあねえと、あんなにこっちを見ねえだろう。用事があるとしたら、息子だが、今は別の塾に行っているんだろ？　今さら用はねえはずだ。するてえと、親の方にあるんだよ」男がにやけた顔で続ける。「それに、奴の顔つきだ。あれは女に向ける顔だぜ。そうだね、奥さん」

男が亮子の顔を覗き込む。

「知りません」

「おめえのスマホはどこだ？　お、そうか、玄関だな」そう言って、男は廊下に出ると、亮子のバッグを手にして戻ってきた。

「あった。これか、どれ」と、手に取る。「ロックナンバーを入れろとよ。何番だ」

亮子が言い淀《よど》んでいると、「早くしろ」と包丁を突きつける。

「言います、言います」亮子が震える声で番号を口にする。

「お、お……。いろいろ来ているみてえだぞ」

おそらくスマートフォンの通知機能で、電話があったとかSNSの受信があったというメッセージが表示されたのだろう。男がからかうように言った。

「とにかく会って話そう——だと。次は、今から出てこられるか、ときた。まだ来ているぞ。別れるのはいつでもできる。もう一度会おう、とさ。電話も五回かけてきているみてえだな」

男が亮子の顔の前でスマートフォンを揺らした。

「今日は、別れ話をしてきたってわけか」

秋生は唇を嚙みしめて下を向いている母親を見て、何やってんだよ、と胸の内で呟いた。

これまで両親が喧嘩《けんか》したのを見たことがなかった。考えが食い違った場合でも、父親が強引に我を通し、母親は自分の意見を言わずに従うので、言い争いにならないのだ。表面上は波風が立っていないのだが、実際は仲が悪いというか、心が通っていないのはわかっていた。だから母親が父親を裏切る行為をしたところで責める気持ちは湧いてこなかった。父親だって外で好き放題やっているに違いないのだから。

秋生が最初に抱いた感想は、それにしても串田か、だった。串田は青春ドラマの熱血教師を演じて、自己満足に浸っている薄っぺらい男だ。型通りの言葉をかけられるたびに、こいつ馬鹿じゃないの、と思っていた。母はあんな父と結婚し、あんな串田と浮気をした。つまりは男を見る目がないのだ。

（何なんだよ、まったく）秋生は母親から目を逸らした。

「あの野郎は、おめえが返事をしねえから、ここまで押しかけてきたってわけか。防犯カメラに映っているのを知ってやがる。顔を見せて、脅しているつもりか」男が亮子に向かって言った。「邪魔だな。追い返せ」

「どうやって……ですか？」

「メールだか何だかが来ているだろう。そいつで返事を書け」

「何て書けばいいですか」

「もう一度会うって言えば、奴は納得すんだろう。明日会うって書けばいいんだ」

男が亮子の手の拘束を解き、スマートフォンを渡す。亮子はしばらくスマートフォンを見ていたが、指を動かし始めた。それを男が背後から見つめる。

「これで、いいですか」亮子がスマートフォンの画面を背後に向ける。

「明日会うのでいいですか――か。それだけか。いつどこで会うかってのも書いとけよ」

「向こうの都合があるので」

「ごちゃごちゃと何回もやりとりするんじゃねえよ」

亮子がスマートフォンを操作して、また男に見せる。

「明日会うのでいいですか。午後一時に公園前で――か。公園前で、だけでわかるのか」

「はい、私は車で行くので、そこで拾うんです」

「ふん。そこからホテルに直行ってわけか。大したもんだな。よし、送れ」

秋生は母親と男のやりとりを聞いていて、胸糞《むなくそ》が悪くなってきた。

「お、返ってきたぞ。今日中に会いたい。出てきてくれ——だとさ。しつこい野郎だな」

男が舌打ちしながら、考え事をする顔つきになった。亮子は放心したように視線を落としている。

「今はどうしても出られないと返せ」男が苛立った口調で言った。

亮子がスマートフォンを受けとって操作し、また男の方に向ける。

「今は絶対に無理。明日まで待って——か。まあいいだろう。送れ」

串田はそう簡単に諦めないのではないか、と秋生は予想した。あの男は見た目とは正反対で、粘着質だ。だいたいが、明日会うのでいいですか、という文章は、ああいう自尊心の強い男には、神経を逆撫でするような表現じゃないか。会うのでいいか、というのは仕方なく会ってやるからおとなしくしろと言っているようなものだ。

秋生はそこまで考えて、ひょっとして母さんは、わざと相手を怒らせる表現を忍ばせているのではないかと思った。串田との話をこじらせた方が、事態を変える可能性が出てくる。

「今お宅の隣にある公園にいる。ちょっとでいいから出てきてくれないか——だと。ほんとに即返してきやがる。だいぶ入れ込んでるな」男が亮子からスマートフォンを取り上げ、「面倒くせえ奴だ」と言いながら、室内を歩き回る。

「待てよ」男が足を止める。「そういう奴なら、別れ話に逆上して、女の家に押し入るってことはあるんじゃないか」笑いを含んだ声で言った。

秋生は状況が変わりそうだという予感を覚えた。

「いいか」と、男が亮子にスマートフォンを渡して言った。「今外には出られないが、家にはほかに誰もいないから、家に入ってこいと書くんだ」

「えっ」亮子が驚いたように声をあげた。

秋生も男の意図がわからなかった。しかし、悪いことではないような気がした。

「奴をこの一家殺人事件の犯人に仕立ててやろうってわけさ。動機があるしな。自棄《やけ》になって火をつけたっていうのはどうだ。さあ、今言ったように書け」

亮子が意を決したようにスマートフォンを握ると、指を動かした。これまでより時間がかかった。

「どうだ、書けたか。どれ」男がスマートフォンを覗き込む。「今はどうしても出られません。家には私以外誰もいないから、あなたが入ってきて。インターフォンを鳴らしてくれたら、開けるから――か。よし、いいだろう。送れ」

すぐに着信音が鳴った。

「了解、だとよ」男がスマートフォンを取りあげ、防犯カメラのモニターを見にいく。

「暗くてもよく見えるもんだな。よしよし出てきたぞ。おっ」男の声が大きくなった。「まずいな」

苛立った声を出す。

「ああ、ちくしょう。職質受けちまったよ」

巡回の警官に職務質問を受けたということか。

「おいおい、ニンドウかよ。ま、あれだけうろついてりゃ、ポリ公も目をつけるわな。精々《せいぜい》交番だろうが」

串田が任意同行を求められて、警官に連れていかれたということらしい。

「まあいいか。これで厄介なのがいなくなったわけだしな」

串田があのまま家に入ってきたらどうなっていたのだろうか、と秋生は考えを巡らした。

玄関を入ってきたところで、男が串田を襲って拘束する。それでこの家を出るときに全員を殺し、串田の死体に凶器を持たせた上で火をつける。

焼け跡を見た警察は、串田が一家を殺したあと、火をつけて自死したと考える。家族の誰かの交際相手が逆上して、一家を皆殺しにした事件は過去にいくつもあるから、そう解釈される可能性はじゅうぶんにある。実際にどうなるかは別にして、少なくとも男はそんな筋書きを考えたわけだ。

咄嗟にそこまで考えたのだから、この男はやはり馬鹿ではない。隙を突くのは難しいかもしれないと、悲観的な気分になってきた。

それとも、こんな家族は皆殺しに遭ってもしようがないか——。

いや諦めるなと、秋生は唇を嚙みしめた。

26　亮子　午後八時四十分

(どうせ、死ぬんだから)

亮子は口の中で、その言葉を繰り返し呟いていた。串田との関係が子供たちに知られてしまい、これからどの顔で母親だと言っていられるのだろうかと考えたときに、浮かんできた言葉だった。でも、死ぬからこそ、子供たちには、最後まで罪のない母親でいたかった、という思いもある。

(やはり罰が当たったんだわ)

「奥さんよ」という声がして、目を開けると、ダイニングの椅子に座り、こちらをにやつきながら見ている男の顔があった。何かを含むような声音だった。

「飯を作ってくれ。何かうまいもんをな」包丁を手にして立ちあがると、亮子のところへやってきた。

亮子は後ろ手の手首を摑まれ、鳥肌が立った。手首を持ちあげられ、腕の付け根に痛みが走った直後、急に楽になった。手の拘束が解けたのだ。

今度は脹脛を摑まれる。包丁の腹が素肌に当たり、脚が硬直した。

「心配すんな。お肌は傷つけませんよぉ」男が最後を猫撫で声にして、脹脛を撫でてくる。

嫌だ、嫌だ、と亮子は心の中で叫んでいた。

「さあ、立てよ」

そう言われても、亮子に立ちあがる気力はなかった。

「何やってんだ」男が苛立ったような声を出し、亮子の腕を取って引っ張りあげる。

亮子の口から悲鳴が洩れ、男の腕を振り払うようにして立ちあがったものの、脚が震えてうまく歩けない。男に両肩を押さえられると、振り払いたくて身体を揺すった。

「連れてってやるよ」両肩を摑む男の力が強くなり、無理やりキッチンの方へ歩かされた。

「もう大丈夫です」と、小声で言った。だからもう触らないで欲しかったが、男が肩越しに顔を近づけてくる。

「いいか、おとなしく料理だけをしていろよ。変な真似《まね》しやがると、おめえも、子供も、命がなくなるからな」耳元で凄《すご》みを利かせてから、ようやく手を離し、キッチンとリビングが見える位置にダイニングの椅子を持ってきて座った。

料理なんかする気になれなかった。

「冷やご飯を温めるくらいでいいですか。お漬け物ならありますから」声が震えた。

「馬鹿野郎、舐めるんじゃねえ」男が勢いよくキッチンに入ってきた。あっ、と思った瞬間、頬を張られた。

「俺は料理しろって言ったんだ。旦那に食わしているようなもんを食わせろよ。愛妻料理ってやつをよ。いやいや、愛人弁当の方がいいか。奴にも作ってやったことがあるんだろう？　それともおふくろの味か。まあ、何でもいい。精魂込めて作ってくれよ」

亮子は痛さと屈辱感で涙が出てきた。

「わかったら、とっとと作れ」男は吐き捨てるように言って、ダイニングの椅子に戻った。

「嫌いなものはありますか」しようがなく聞いた。気に入らない料理を作ったら、何をされるかわかったものではなかった。

「ねえよ、そんなもん。食えるもんは何でも食ってきたからな。嫌い、なんて言えるのは金持ちの台詞《せりふ》なんだよ」

「はい」

亮子は男の視線から逃れるように後ろを向き、冷蔵庫を開けた。中の食材を見ても、何を作ればいいのか、まったく浮かんでこなかった。

それにしても、この男はなぜわざわざ料理を作らせたりするのだろう。空腹を満たすだけなら、そのまま食べられるものがいくらでもあるのに。冷蔵庫にはソーセージやハムがあるし、チーズもある。食パンも目につくところに置いてある。

男は椅子に座りながらにやついた顔で見ている。何か、いたぶりたい理由でもあるのかしら、と考えてみたが見当がつかなかった。

冷蔵庫の庫内温度があがったのを知らせる警報音が鳴った。扉を閉めながら、自分用のレシピノートでも見て、適当に決めようかと考えた。ノートはシステムキッチンの引出しに入っている。

（あっ）

その引出しに病院で処方してもらった薬を入れているのを思い出した。寝つきが悪く、夜中に何度も目を覚ましてしまうと言ったら出してくれた、睡眠導入剤だった。

27　勇樹　午後八時四十五分

勇樹はできあがったパチンコを手にして、目の前に掲げた。ぼくだって一人でできるんだからね、と言ってやりたかった。

でも、これで終わりではないのもわかっている。このパチンコが、手紙を添えたビー玉を隣の家まで飛ばすことができなければ意味がなかった。

勇樹はバルコニーに出て、窓を静かに閉めた。空は黒い雲に覆われて、月も星も見えなかった。少し風が出てきていた。庭に二箇所ある外灯の光で、隣家の境までは見える。心なしか前に見たときより遠くに見えた。

吹き抜けには大きな窓があるので、普段はリビングからバルコニーは丸見えだけど、今はロールカーテンがおりていて見られる心配はなかった。勇樹は右手を手摺にかけて、奥行が広くなっている部分へ進んでいった。テーブルや椅子が置いてあるので、それらにぶつからないように注意しながら先端まで行く。

勇樹は左足を少し前に出して立った。さっきより隣家が近く見えて、行けそうな気がしてきた。唇を強く結び、左手でパチンコの柄にしたスパナをしっかりと握った。革の部分にビー玉を挟み、右の親指と人差し指で摑む。左の肘を伸ばして構える。右手を引いてみて、力が弱いと感じ、中指も参加させた。三本の指で思いきり引く。右手が顎のところまできたところで指を離した。

思ったより勢いよく飛び出していった。だが、ビー玉は隣家との境までの距離の三分の二くらいしか飛ばなかった。ポケットからもう一個のビー玉を出し、今度はもっと力を入れて引いてみた。右手を耳のところまで引くのが精一杯だった。

放たれたビー玉が飛んだ距離は伸びたけれど、境の少し手前に落ちた。もっと引かなければならないとわかったが、自分の腕の長さと力は限界だった。

（せっかく作ったのに――）鼻の奥がつんとしてきた。目と鼻に力を入れて堪える。

考えれば、きっとうまくいく、と念じた。これまでもそうだった。ダメだと思っても、考えれば何とかなってきた。

（もっと長く引っぱればいいんだよね。おとなみたいに手が長ければいいんだ）

勇樹はじっとバルコニーの手摺を見つめた。あの手摺のところにパチンコがあって、今自分が立っている場所までゴムを引くことができたら、相当遠くに飛ばせる。

（あそこにパチンコをくっつければいいんだ）手摺にくっついていれば、両手を使えるから引く力も強くなる。これだと思った。

でも、どうやって？

（ええと、ええと）パチンコが手摺にくっついているところを想像する。

想像の中では、パチンコは手摺に紐でぐるぐる巻きにされている。でも、紐をきつく結わえるのは、勇樹にとって苦手なことだという自覚がある。

（お兄ちゃんは、かんたんにしばってたっけ）

困ったときはお兄ちゃんがしたことを思い出せばいいんだと思った。

頭の中に、秋生が電気のコードを束ねる姿が浮かんできた。紐で結わえるのではなく、ヒュッと一回引いただけで結んでいた。そのときに使っていたのは短いものだったけれど、ほかに太くて長いのもあった。

「それ何て言うの？」あのときも聞いてみた。秋生が黙っていたので、「ねえ」と言い足した。

秋生は面倒くさそうに、「ケッソクバンドだ」と言い、勇樹をじっと見てきた。

「これで、うでをしばると、どうなると思う？　その先にちが行かなくなって、手がしぬんだ。長いやつだと、勇樹の首もしばれるぞ。そうするとどうなる？　しんじゃうぞ」

そうだ、もっと長いものもあるんだ。いいことを思い出したと、勇樹は笑顔になった。

さっそく秋生の部屋へ行き、結束バンドを探した。

床に散乱している本やフィギュア、そして文房具類の中に、結束バンドの束が入っている箱が埋もれていた。中身の半分は箱からこぼれている。そこまでは、途中に一箇所手を突ける場所さえあれば届きそうだった。勇樹はしゃがんで手を伸ばし、本やフィギュアを一つひとつ取り除いて、手の置き場を作った。そこに左手を突いて身体を支え、右手を伸ばして結束バンドを摑んだ。同じことを三度繰り返し、箱からこぼれている結束バンドをさらった。

あらためてその一つを手に取って、よく見る。プラスチック製の平たく細長いものだ。片側がギザギザしていて、一方の端には四角い小さな穴がある。

（これだ）

穴に反対の端を通せばいいんだと、秋生の動作を全部思い出した。長さは十センチから三十センチくらいまで、何種類か交ざっていた。勇樹は一番長いのを五本選んで、両親の寝室に戻った。

バルコニーに出て、パチンコを手摺に当ててみる。

（うん？　ちょっとちがうかな）このまま取りつけても遠くに飛ばせないような気がした。

パチンコを手に持ち、ゴムを引いて構えてみる。遠くへ飛ばすときは、少し上向きに発射しなければならない。それは祖父に教わった。ただ手摺に結びつけただけでは、上向きにならないのだ。

（ええと、ええと）

勇樹はパチンコを手摺に上向きの角度をつけて当ててみた。持ち手の上の部分と手摺の間に隙間ができる。ここを何かで埋めれば、角度がつくのがわかる。

寝室へ戻り、母のクローゼットに入った。さっき入ったときに、ちょうどよさそうなものを目にしていたのだ。入り口の近くにある棚の上に、それはあった。手に持ってみると、軽いが硬そうだった。蓋が開くようになっていて、中に指輪が入っていた。

バルコニーへ出て、パチンコの持つところと手摺の間に入れてみる。勇樹は満足そうに頷く。

パチンコの持ち手の下を手摺につけ、結束バンドで留めた。上の部分を手摺から離し、部屋から持ってきた指輪ケースを挟む。そこを残りの結束バンドをすべてを使って、手摺に固定した。パチンコを摑んで揺らしてみる。少しグラグラしている。結束バンドの端を引っ張ってみるが、滑ってしまい、これ以上きつく締められない。滑らないように挟むには――。

部屋からペンチを持ち出し、結束バンドの端を挟んで引っ張った。滑らずにきつく締められた。

（ペンチだ）

五本全部をきつくし、もう一度手で揺らしてみる。今度はいくら力を入れても動かなかった。

（やった）

すぐにビー玉をポケットから取り出し、革の部分で摘まみ、両手で思いきり引っ張った。引けるだけ引いて、斜め上に向かって放った。その直後に失敗したと思った。パチンコ本体につけたのと同じ角度で発射しなければならないのに、少し足りなかったのだ。それでもビー玉は外灯に照らされながら、隣家の境に植えられている木の枝の中に消えていった。

（やった、やった）バルコニーに仁王立ちになり、笑みがこぼれた。自慢げに空を眺めた。失敗しても隣との境まで届いたのだから、角度を正確にすれば間違いなく隣の家の屋根か壁に届くという手応えがあった。

さっきまで見えていた月がいなくなっていた。強い風が吹き始めている。黒い雲が立ち込め、気味の悪い光景に見えた。風に急《せ》かされるように部屋へ入った。窓を閉め、作業に使っていたスカーフに材料や道具の残りを包み、母親のクローゼットの奥に置いた。

勇樹は廊下へ出て、自分の部屋に入った。勉強机の本立てから使いかけのノートを引き抜く。白紙のページを二枚ハサミで切り取り、さらにそれらを半分に切った。椅子に座り、ペン立てから鉛筆を一本取る。

紙を前にして神妙な顔をした。

『今』と書き出し、『家に』と、習ったばかりの漢字を続けた。どろぼう、にしようかわるい人にしようか迷ったが、泥棒じゃなさそうだと思うようになったので、わるい人にした。

『今家にわるい人がいます。けいさつに知らせてください。　合田勇樹』という文章になった。これを四枚全部に書いた。

ポケットにはビー玉が一個しか残っていなかった。あと三個補充して、紙をそれらに巻きつけてセロハンテープで止めた。四個のビー玉を半ズボンの四つのポケットにそれぞれ入れて両親の寝室へ戻り、バルコニーに出た。

（えっ）冷たいものが顔に当たった。

（雨だ）

すぐにバルコニーの床に叩きつけるような強さになった。雷も鳴り始めた。

（ビー玉をとばさなくちゃ）気持ちを切り替えて、パチンコの革の部分にポケットから出したビー玉を挟んだ。雨はますます強くなっていく。

濡れて滑る指に力を入れてビー玉を掴み、思い切りゴムを引いて放した。ビー玉はさっきの半分くらいしか飛ばなかった。この激しい雨に当たったら飛ばなくなるのは、勇樹にもわかる。

口を尖らし、しばらく隣家の方を睨んでいた。顔も何もびしょ濡れで、涙が出ているのかどうか、自分でもわからなかった。この大きな雨音の中では、たとえビー玉が隣の家に当たったとしても、その音に気づいてくれない。そう思うと、諦めがついた。

（おしっこする）

雨に打たれながら放尿した。最後に身体をブルッと震わせ、大きく息を吐いた。ちょっとした爽快感を味わい、気持ちを切り替えることができた。ポケットに入っているハサミを出し、手摺に留めている結束バンドを切ってパチンコを手に持った。

勇樹は部屋に入ろうとして窓に手をかけたが、だめだと思った。びしょ濡れのまま部屋に入れば、床が水で濡れてしまう。もし男がまた二階にあがってきて濡れた床を見たら、誰かいると気づかれる。

(何かない?)

どうにかして濡れた服を脱いで身体を拭き、別の服に着替えなくてはならない。最初に必要なのはタオルだ。窓ガラスに顔を近づけ、部屋の中を見回した。

タオルはなかったが、ベッドの上にタオルケットがあった。

28　健治　午後八時四十五分

健治はコーヒーカップを皿に戻し、菜緒を見た。コーヒー党の彼女が珍しく紅茶を飲んでいる。

「今日はおまえのところに行こうと思っていたんだが」

「ごめんなさい。今日は体調がよくないから早く寝たいの。一晩ゆっくり眠れば大丈夫だと思うけど」

「看病してやるよ」

「だめよ。あなたがいたら、休まらないもの」

確かにそうだ。健治は自分が人のために何かをする性格でないのをよく知っている。

「そうか。なら、どこへ行くかな」健治はしかめ面を見せる。

「今日はおとなしく、お家《うち》に帰って」菜緒が笑いながら言った。

「とてもじゃないが、帰る気はしないね」

「そんなに嫌なの?」

「女房とは子供の話題がなくなれば、話なんかする必要がないからな」

「まだ学校に通っているお子さんがいるじゃない」

「高校生になった子供なんて、他人より始末が悪い。息子は馬鹿だし、娘は中学に入って以来親とは口も利かない。二人とも将来の希望なんて何もない。養ってやるのが嫌になる」

「息子さんは小学生のときに恐い思いをしたんだから、そのトラウマもあるでしょうし、もっとやさしく接してあげなくちゃ」

「息子も娘も、向こうが会話を拒否しているんだ。やさしくなりようがない」

「小さいお子さんもいるんでしょ」

「あれは、魔が差したというか。まあ、予定外の子だ。女房がそっちに構っているから、それはそれでいいんだけどな」

「予定外という言い方はかわいそうよ。まさか家の中でも、そんなことを言っているんじゃないでしょうね」

「言ってはいないが、態度には出ているかもしれないな」

「ひどい。きっと、子供にも奥さんにも嫌われているわよ」

「それはそれでいいさ。女房の親父さんが、うちのOBだってのは知っているだろう。その子分たちが今のお偉方だ。生きているうちは、別れるなんてできないから一緒にいるだけだ」

「頻繁に外泊しているもんね。奥さんがお父様に告げ口しているかもよ」

「家に帰らなかったりするのは、一応は、仕事だってことになっている。それに今は親父さんが脳梗塞で寝たきりになっているから、女房は実家で愚痴を言いたくても言えないのさ。これで親父さんが死んだら、もう遠慮は要らないけどな」

「そういうこと。嫌ね、お役人の世界って」菜緒が顔をしかめてみせる。

「何と言われようと、その世界の人間なんだよ」

健治の言葉に、菜緒が肩を竦めながら言った。「じゃあ、そろそろ」

「帰るか。俺はどうすればいいと思う？」

「今日はおとなしく帰って欲しいわ。だって明日は朝から重要な会議があるって言ってたでしょう。これ以上飲むと、支障が出るんじゃない？」

それはそうだ。朝一番で、大臣と次官が出席する会議がある。どんなミスも許されない。

「おまえは秘書みたいにスケジュールを把握しているな。しようがない、帰るとするか」

健治は渋々立ちあがった。

29　亮子　午後八時四十六分

亮子は閉めかけた冷蔵庫の扉を引いて、もう一度中を見た。

半丁分残っている木綿豆腐のパックが目に入った。

（できるかも）

「あの、お豆腐があるので、麻婆豆腐《マーボー》とかならできますけど」

こちらの意図に気づかれたくなくて、少し早口になってしまった。

「いいねえ。丼にしてくれ」

男は何も警戒していないようで、ほっとする。

ときどき服用している睡眠導入剤は錠剤だから、どんな味なのかは知らない。薬だから苦味があるのだろうと想像してみるが、食べ物に混ぜた場合にどのくらい味が変わってしまうのか見当がつかなかった。どんな味であろうとごまかせる料理は何だろうと考えて、山椒《さんしょう》や豆板醬《トウバンジャン》に行き着いた。

「はい。辛いのは大丈夫ですか。山椒とか」

「大丈夫だ。うめえのを頼むぜ」

辛いのは嫌いだと言われたらどうしようと不安だったが、これならいけるかもしれない。そう思った途端に手が震えてきた。鍋に水を入れてコンロにかける。塩の入った瓶からスプーンで掬《すく》おうとするが、震えて塩が中で飛び散ってしまう。瓶を鍋の上に持っていき、斜めにして搔《か》き出すように塩を入れた。

瓶を置いて冷蔵庫の前に行く。ハンドルを一度強く握ってから扉を開いて木綿豆腐を出し、冷凍庫から冷凍ひき肉の袋を取り出した。落ち着いて、と自らに言い聞かせて野菜室から長葱《ながねぎ》を出す。

まな板を濡らして包丁を手にした。凶器にもなるものを手にし、一段と震えが激しくなる。包丁を離し、まな板に両手を押しつけて呼吸を整える。まな板から手を離し、指の震えが小さくなったのを見て、豆腐を賽《さい》の目に切った。鍋に入れて火加減を調整する。長葱のみじん切りを、普段の十分の一くらいの速度で始めた。頭の中では、いつ睡眠導入剤を取り出そうかと考えていた。

みじん切りを終えて、薬の入っている引出しを開ける。三冊あるレシピノートの一冊を取り出し、同時に錠剤のシートをほかのノートの下に押し込んだ。

ノートを開いていると、男が「何をしているんだ」と睨んできた。

「料理のメモです。これがないと分量がわからないので」

男が疑い深そうな目つきでキッチンに入ってくる。亮子の肩越しに、ノートを覗き込む。全身に鳥肌が立つ。

今、まな板の上にある包丁を手にして、振り向きざまに男を刺したら、という考えが脳裏をかすめる。こちらも刺されるかもしれないが、それならそれでいい。そう思って包丁を見ると、まな板までが遠く感じられた。腕を伸ばして包丁を摑む前に、男に阻止される。

「まめだな」男は引出しの中も覗き込んで、馬鹿にしたような口調で言った。

男がこちらを見ながらダイニングテーブルに戻っていく。背中を見せないとは、本当に用心深い。でも夫が今帰ってきたらどうするつもりなのだろうと、疑問に思った。すぐにでも夫を拘束するために廊下へ出ていかなければならない。私はそのとき手足が自由で、包丁を持っている――そう考えて、亮子は思わず身震いした。男の背後から包丁を振り上げている自分の姿が脳裏に浮かんだのだ。

男が見透かすような目で睨んでくる。

「これじゃなかった」亮子は狼狽《ろうばい》を隠すように言ってから、手に持っていたノートを閉じて引出しに戻すと、別のノートを取りあげた。

男が「不味《まず》かったら、承知しねえぞ」と、またにやけた顔で言い、秋生と紗月の方へ目を向けた。引出しに手を入れてノートの下を探り、錠剤のシートをノートの上に置く。横目で男を見ながら、手探りでシートから錠剤を押し出す。五錠出したところで、男がこちらを向きそうになったので手を離した。一回一錠の薬だから五錠もあればじゅうぶんだと思った。

ノートの麻婆豆腐のページを開き、冷蔵庫から甜麺醤《テンメンジヤン》と豆板醤を出し、調味料入れから花椒《ホアジヤオ》のパウダーと唐辛子を出しながら、薬をどうやって潰そうかと考えていた。

ノートに視線を移したとき、ニンニクの文字が目に入った。忘れていた。これがあった。錠剤の色が白だから混ぜても目立たない。

常温の食材を入れている籠からニンニクを取り出し、二かけを手に取る。薄皮を剝《む》き、まな板に置く。男がこちらを見ていないのを確認してから、ノートをしまうようにして引出しに手を入れた。視界に男を捉えながら、手探りで錠剤を探す。二錠を摘まんで、薬指と小指の腹に載せる。さらに二錠を残りの三本の指で摘まみ、最初の二錠と一緒にし、中指から小指の三本の腹で握る。五錠目を探して親指と人差し指で摘まんだまま、まな板の上に持っていき、ニンニクの側に置いた。そのとき、一錠がこぼれてしまった。床に当たった音が大きく聞こえ、心臓が縮みあがる。

横目で男の表情を窺う。変化がなく、思わず吐息が洩れる。

四錠でも効果がありますようにと、祈りながら包丁の刃の側面でニンニクと錠剤を一緒に潰す。額に汗が噴き出てくる。潰したニンニクを包丁で集め、ガラスのボウルに移し、手早く調味料を合わせていく。これで見た目は薬を入れたのがわからなくなった。いつの間にか、手の震えが収まっていた。

中華スープと水溶き片栗粉を用意して、フライパンでひき肉を炒め始める。炒めている間に、冷凍のご飯を電子レンジに入れて解凍する。ひき肉を炒め終えていったん火を止め、合わせ調味料を入れる。薬の白色が目立たないか凝視する。大丈夫そうだった。再び点火し、頃合いを見てスープを入れる。沸々としてきたので、豆腐を入れて酒と醬油《しょうゆ》を加え、葱を散らす。最後に花椒パウダーをかけた。独特の香りが一気に広がる。これが薬の苦味と匂いを消し去ってくれることを祈った。温めたご飯を皿に盛り、その上からフライパンの中の麻婆豆腐をかける。トレイに移し、蓮華《れんげ》と水を添えてダイニングテーブルまで持っていった。

「おお、うまそうな匂いだな。あんた、なかなか手際がいいな」

男はそう言いながらも、亮子の腕を取ると後ろ手にして、手首をガムテープで巻いた。秋生と紗月の側に倒され、足首にもガムテープを巻かれた。

「女にも、そんなに用心しなきゃなんないのかよ。やっぱ、臆病じゃんか」

秋生がまた憎まれ口を叩く。

「馬鹿野郎」と、男は叫んで秋生の尻を思いきり蹴る。「食ったあとで、痛めつけてやるからな。食後の運動ってやつだ」そう言うと、ダイニングテーブルに戻っていった。

男が椅子に座って食べ始める。

「おお、結構辛いな。ふん、憎しみの籠《こも》った料理だな。だがな、この辛さは俺の好みだ、残念ながらよ」

三口くらいで水がなくなり、男はグラスを持ってキッチンに入っていく。

「何だ、こりゃ」という声が聞こえた。「薬か」と続く。

男が荒い足音を立てながらやってきて、亮子の目の前に錠剤を突きつけた。

「これは何だ。何で床に転がっていたんだ」

「前に薬を飲もうとして落としたんだと思います」

「何の薬だ」

「胃腸薬です」

「さっきまでなかったぞ。おめえが料理している間に転がったんだ。なぜだ」

「今日のお昼に飲みました。そのとき」

「いいや、それなら最初に台所に入ったときに気がついていたはずだ。俺はそういうとこは目敏《めざと》いんだよ。その証拠に、今はすぐに気づいただろ」

男はキッチンに戻っていった。

引出しを開ける音がして、亮子は小さく声を洩らした。「これか」と言う男の声に竦みあがる。

男が亮子たちの前に来て、「俺も、やっとスマホ覚えたんだよ。ムショ帰りにしちゃ、社会復帰が早《はえ》えなって、な」そう言いながら、スマートフォンをいじり始めた。

「薬の名前を入れれば、何かわかるんだぞ、と」

表情が変わった。「この野郎。睡眠導入剤だと。これを混ぜやがったな」

男に胸倉を摑まれ、頰を平手打ちにされた。亮子の口から悲鳴があがる。反対側の頰も打たれ、それが何度も繰り返された。気が遠くなりかけ、鼻から血が流れるのを感じた。

30　勇樹　午後九時三分

　勇樹は、バルコニーから部屋に入ろうとして頭を室内に入れた。そのとき、階下から男の怒鳴る声と母親の悲鳴が聞こえ、動きを止めた。

（ママがいじめられている。たすけなきゃ）

　反射的にそう思った。けれど、武器は手作りのパチンコしかない。こんなもので男をやっつけられるわけがなかった。二階で騒げば、男は乱暴をやめて二階にあがってくると思った。でも自分が捕まったら、それで終わりだ。

（外でだれかが、さわげばいいんだ）

　以前庭の外灯が、誰かに石を投げつけられて割れたことがあった。父親が家にいたときで、音がした途端に外へ出ていって犯人を探したけれど見つからなかった。その誰かが、また外灯を割ってくれれば——。

（そっか、ぼくがわればいいんだ）

　手にはパチンコを持っている。ズボンのポケットからビー玉を取り出して、バルコニーの手摺まで戻った。巻いている紙を剝がす。雨に濡れてセロハンテープも紙も取れやすくなっていた。ビー玉を革の部分で挟み、パチンコを構えた。

　外灯はバルコニーから四、五メートルぐらいのところにある。さっきは激しい雨の中でも、それ以上飛んでいった。手で投げても届くかもしれないが、照明器具を割るほどの威力がないのは自分でもよくわかっている。このパチンコなら大丈夫だと思った。

右手を限界まで引く。狙いをつけて放った。

ビー玉は外灯の下を通っていった。別のビー玉を取り出して急いで紙を剥がす。今度は少し上を狙った。外灯のほんの少し上をかすめた。もう一個出す。最後の一個だ。狙いを少しだけさげ、深呼吸をした。自分ならできると思った。

上向きの角度はこれでいい。横方向を確認して放った。

外灯が思っていたより大きな音を立てて割れ、庭が暗くなった。

勇樹はすぐに、窓を開けて部屋に入り、端を通って母親のベッドに乗った。タオルケットを手繰り寄せ、服と下着を脱ぎ、父親のベッドとの間にあるナイトテーブルの裏に押し込んだ。タオルケットで髪の毛を拭く。母親の匂いがして、涙が出そうになる。我慢して身体をよく拭く。

玄関ドアの開け閉めの音がしている。母親の悲鳴は聞こえなくなっていた。

裸のまま自分の部屋へ行き、タンスから下着と服を出して着た。

31　亮子　午後九時四分

「何だ、今のは」

激しい雨音の中で異質な音がした。何かが割れたようだった。男が喚《わめ》き、亮子を殴る手が止まった。

亮子にも何の音かわからなかったし、殴られた顔が痛くて考える気もしなかった。

「何かが飛んできたんじゃない」

秋生が薄ら笑いを浮かべて言った。わざと男を怒らせるような言い方ばかりをしているようだった。

男が舌打ちをしながら玄関の方に歩いていく。解錠音がしてドアが開き、雨音が大きくなった。ドアが閉まったらしく、雨音が元通りになった。

男の姿が見えなくなっただけで、身体のこわばりが解ける思いがした。殴られたところの痛みが広がってきた。亮子は吐息をつきながら天井を見た。

「勇ちゃん」

つい、声が出た。勇樹が吹き抜けに面した手摺から顔を出し、下を見ていた。

「勇樹」秋生も気づいた。

勇樹の顔が消え、階段の方へ走っていく音がした。そのとき、玄関ドアが開く音がした。

(あっ、だめ)このままでは玄関ホールで男と鉢合わせしてしまう。

玄関から男の声がする。すぐにリビングにその姿が現れた。ズボンの裾が濡れている。

「ひでえ雨だ。外灯が割れてたぞ。どういうことだ」

どうやら勇樹は二階に戻ったようで、亮子は安堵した。

「前にもあったよ」秋生がこたえた。

「誰がやった」

「知らないよ。警察に届けたけど、犯人はわかっていない」

「おめえらが、恨まれているってことか」

「ああ、そうなんだろ」

「そうだろうよ。こんな生活してりゃあ、恨まれて当然だ。それとも、さっきの奴か。奥様に振られて、腹いせに石でも投げたか。交番で話を聞かれて、解放された頃だし。まあいい、それで気が済んで帰ってくれればな。そう言えば、さっきはおめえの話を聞くってのが途中だったな。親父のどこが不満なのか聞いてやろうじゃねえか」

亮子は吐息を洩らした。どうやら男の関心が睡眠導入剤から逸れたらしい。あのまま殴られていたら死ぬかと思った。外灯が割れたのは天の助けだった。

「そんなの、ないよ」

秋生がむきになっているような口調でこたえた。

「嘘言うなよ。受験に落ちたってのも、関係ありそうだな。親父が出た大学を受けさせられて落ちたんだったな？」

秋生は黙っている。

「聞いたことには、素直にこたえろ」男が秋生の腿に包丁を立てた。

「やめて、やめてください」亮子は思わず叫んだ。

包丁の先が当たっているジーンズの生地に小さな赤い染みができた。秋生の顔が歪む。

「そうだよ」呻き声での返答。

「本当は、そんなところを受けたくはなかったんじゃないのか」

「そうだよ」自棄になったような言い方だった。

「なぜだ。ほかに行きたいところがあったのか」

こたえが少しでも滞ると包丁の先に力が加わるのか、秋生が顔をしかめる。

「成績が足りないんだよ。受けても落ちるのはわかりきっている」

「それじゃ、さぞかし親父から責められるだろうな。ぼろくそに言われたか。何と言われるんだ」

「馬鹿だよ」

「息子を馬鹿呼ばわりするのか、おめえの親父は。ひでえ奴だな」男がわざとらしく顔をしかめる。

「子供の頃から、そうやって育てられたのか。勉強しろ、勉強しろって。成績が悪いと、馬鹿と言われて」

「ああ」

「それじゃ、勉強以外はやらせてもらえなかったんだろうな」

秋生の視線が床に向く。男がにやりとして、包丁を抜いた。切っ先が一センチほど入っていたようだ。ジーンズが血に染まっていく。

「やりたいことはやらせてもらえず、成績が悪いと馬鹿呼ばわりされる。最悪だな。ということは、親父に遊んでもらったことなんかないんだな。俺もそうだ。俺の場合は、親父なんて最初っからいねえんだから当たり前だけどな」そう言って男が哄笑した。まるで自分の境遇との共通点を探して喜んでいるようだった。

男の指摘は、秋生にとって言われたくないことばかりに違いなかった。勉強しなさいとか、勉強以外のことを禁じるのは亮子の役目だった。夫にそう言わされた。夫は成績表を見て、秋生を叱りつけるだけ。確かに面と向かって「おまえは馬鹿か」とも言っていた。

秋生は小学校に入った頃、サッカーをやりたいと言い出した。亮子はいいことだと思った。近所のサッカーチームは、近くの公立小学校の子供が多いのでいきなり入るのはハードルが高いけれど、サッカー教室なら入りやすいと思い、どこがいいか評判を聞いて回った。ところが、夫はそんなことも認めなかった。その頃の秋生は利発な子というよりおっとりとした子で、夫にしてみれば、この先勉強ができる子になるのか不安を感じたらしい。頭にボールを当てるようなスポーツは馬鹿になるだけだと言って、サッカー教室に通うのさえ許さなかった。ほかのスポーツでも同じだったと思う。

学業では、不得意な課目があると家庭教師を雇って強化するなどして、小学校の間は成績は徐々に伸びていった。通っていた私立の小学校では、その上の中高一貫校に進学できるのだが、秋生の成績が伸びたことで、夫はもう少し上のランクの中高一貫校を受験させた。東大への道を確実にしたかったようだ。父親の思惑とは逆に、成績は中学以降伸び悩んだ。

「親父を殴ったことはあるのか？」

秋生が目を逸らした。去年あたりから、秋生はあからさまに父親への敵意を表すようになった。口ごたえはしないが、無視をしたり、恨みがましい目で見たりする。亮子は、いつか秋生の感情が爆発するのではないかと心配していたのだが、昨夜がまさにそうだった。

「ねえのか。嫌いだったら、ぶっ飛ばしてやりゃあいいんだよ。俺の親父はどうせ、ろくでもねえ奴なんだろうが、殴りたくても殴ることができなかった。そこへいくと、おめえは幸せもんだ。殴る相手がいるんだからな。それとも、殴るだけじゃ飽き足らねえってか？」

秋生の視線が動く。その表情に、亮子は不穏なものを感じた。

「また図星だ。おめえはほんとにわかりやすい奴だな。そうか、殴るだけじゃ物足りねえってことは」男が言葉を切って、口元を動かしながら中空を眺めるようにしてから、いきなり秋生を覗き込んで言った。「殺してやりてえか」

秋生は無表情だった。無表情を装っているようにも見える。

（まさか、そこまでは考えていないわよね）そう考えても亮子の不安は消えない。不安にさせる秋生の顔だった。

「さっきおめえの部屋で、これを見つけたぞ」男がジーンズの尻ポケットから紙を取り出した。「凶器は身近にあるものでなければならない、だと。包丁、ナイフに、ネクタイか。ゴルフクラブに花瓶ときた」馬鹿にするように鼻先で笑いながら読んでいる。「計画的衝動殺人だとよ。格好つけやがって」

男が持っている紙で秋生の頭を叩いた。

「こんなもん書いてたって、糞の役にも立たねえぞ。まあ、それはともかくだ。殺してえ相手は親父なんだな。犯行場所が寝室って書いてあるんだから、間違いねえやな」

秋生は唇をきつく閉じ、悔しそうにしている。

男が秋生に父親のことをしつこく聞いていたのは、その紙に書かれていたのを読んでいたからなのだろう。やけに勘がいいと思っていたけれど、道理で、と亮子は思った。それにしても秋生がかわいそうでならなかった。

（そこまで追い詰められていたのね）ため息とともに涙が出てきた。

「よし、よし。親父が帰ってきたら、おめえに殺させてやる。どうだ、いいだろ」

「興味ないね」一拍置いて、秋生がこたえた。

「遠慮すんなよ」男が秋生の頭を撫でる。

「やめろよ」

「こいつは、おもしれえ」

男が機嫌良さそうに笑いながらキッチンへ行った。冷蔵庫を開け、ソーセージの袋とビールを出してダイニングテーブルに置いた。椅子に座って手摑みでソーセージを食べながら、こちらをにやついた顔で見てきた。

男のスマートフォンが鳴った。男が「何だ」と言って出た。短く頷き、「どのくらいかかるんだ。ああ、わかった」と言って切った。

食卓の上に、麻婆豆腐の載ったトレイが置かれたままになっている。さっき男は食べ始めてすぐに水のお代わりをしにいった。少し辛くし過ぎたかもしれないと悔やまれた。薬一錠分も食べていないかもしれない。薬の効果は期待できないだろうと、亮子は暗い気持ちになった。

32　紗月　午後九時五十二分

兄は親殺し、妹は家出、母親は不倫。滅茶苦茶家族。紗月は苦笑した。涙が流れてくる。

そんな家族の事情を、こんな男に炙《あぶ》り出されるなんて——。なぜか悔しい思いがした。一方で、男が家族に強い拘《こだわ》りがあるように見えるのは、奇異な感じがした。父親が誰かわからないという生い立ちから、他人の家族への反発があるのだろうか。

兄を問い詰めるやり方を見ていると、とにかく自分の優位性を示したい人なんだなとも思う。それなら下手に出れば案外話を聞いてくれるかも——。私のことを、お嬢ちゃんとか言って馬鹿にしているから、子供の無邪気な頼みだと受けとってくれるかもしれない。紗月は思いきって声をかけた。

「おじさん」

「ん？　何だ」

振り向いた男の顔は、今までとは少し違い、どこか柔らかい表情になった。

「電話させて欲しいんだけど」

「だめだ。そんなこと、許すと思ってんのか、馬鹿野郎」

「私、人に会うことになっていたの。断りの電話をしないと」

「こんな時間にか」

「うん」

「この家は、娘が夜に出かけるのを許してんのか」男が亮子を見た。

亮子は半ば口を開けたまま黙っている。

「誰とどこで会うことになってんだ」男が紗月に向き直って言った。

「友達。ファミレスで」

「友達だ？　どこの」

「学校の」

「同級生だってのか」

「そう」

「男か」

「女子校だよ」

「名前は」

「真由。照井《てるい》真由」

男が考えるような顔つきになった。

「放っておけ」少し間を置いたあとで、ぶっきらぼうな口調で言った。

「私が行かなきゃ、心配する」

「心配させておいた方がいいのに」秋生がぼそっと、独り言のように呟いた。

男が秋生を見て、眉根を寄せた。「どういう意味だ」と言いながら、足で秋生の腹のあたりを小突く。

「何も言ってないよ」

「言ったろう。心配させとけって、どういう意味だ」

「紗月が来ない、連絡が取れないって、騒いでもらった方がいいと思ったんだよ」秋生がふてくされたような物言いをした。

男の足先の動きが止まった。

「あの子は心配性だから、心配かけたくないだけなの。一度心配になるとパニックみたいになって、何をするかわからないから」紗月は呟いた。

男が大きくため息をつき、苛立った様子でダイニングへ行った。

紗月は身体を捻って秋生を見た。秋生も紗月を見ていて、視線が合った。小刻みに頷いて合図を送ってきた。

男は数分黙って背を向けていたあと、「会う約束は何時だ」と怒鳴りながら振り返った。

「十一時」

「まだ一時間あるじゃねえか」

「家を出る前に知らせておこうと……」

「ほっとけ。その時間になれば、向こうがどうするかがわかる。電話はだめだ。おとなしくしていろ」

真由と電話で話せれば、どんな会話でも異変に気づいてくれると思ったのに。紗月は秋生を見て、小さく首を振った。失敗したという意味を込めて。秋生が唇を曲げて、仕方ないな、という表情を作った。

（お兄ちゃんと意思が通じるなんて）何となく懐かしい感覚がした。

玄関ドアが開く音がして、紗月の思考が中断した。

「騒いだら、みんな殺すからな」男がそう言いながらリビングの入り口へ行き、壁に背をつけた。

（パパが帰ってきた）

紗月は亮子と秋生を見た。二人も互いに視線を交わし合っている。どうしようか迷っている目だった。大声を出して、殺人犯が家の中にいると、健治に知らせたらどうなるだろうかと。二人とも、健治が咄嗟に事態を理解して、男が襲撃する前に外へ逃れるのは無理だと考えたようだ。結局は、皆黙って息をのんでいた。

施錠する音に続いて、廊下をスリッパで歩く音がした。足音はそのまま階段をあがり始めた。リビングに明かりが点いていても、この家の者は黙って自分の部屋へ行く。

男が廊下に飛び出した。

「何だ」と、叫ぶ声。重いものが落ちる音。男が健治を階段から引きずり下ろしたのがわかる。肉を打つ音、呻き声、荒い息遣い、咽《むせ》び声が繰り返される。

紗月は視線を泳がせた。亮子や秋生も誰かに自分の視線を受け止めて欲しいというように、目を動かしていた。

身体が床に落ちるような重い音がした。そのあとは肉が叩かれる音と、呻き声が続いた。音がやんだ。

男が荒い息をしながらリビングに入ってきて、ソファに置いてあったガムテープを持って、また廊下へ出ていった。ガムテープを何度も引っ張り出す音が聞こえてくる。

手足をガムテープで巻かれた健治が、男に襟首を掴まれて引きずられてきた。左目が腫れ、頬は赤く変色していた。ワイシャツのボタンは取れ、サマースーツの上着は単に身体にまとわりついているだけになっていた。

意識はあるらしく、腫れた瞼の下から少し瞳が覗いていた。思うように動かない目で状況を把握しようとしている。家族が同じように拘束されて転がされているのがわかったようで、この男は誰だと問いかけるように顔をかすかに動かした。

「テレビでやっている事件の犯人だよ」秋生が目でテレビを示した。

午後十時を回ったところで、つけっぱなしのテレビが報道番組になっていた。

今は、発砲現場の事件後の様子が映っている。これまでのニュース番組の大半の時間は、この事件に当てられていた。

　スタジオにカメラが移り、発砲までの経緯と、発砲前後の犯人の動きを絵解きしている。犯人の正体は判明しておらず、今なお逃走を続けていると伝えている。

　キャスターが説明用のモニター画面からカメラへと視線を移した。『容疑者の男が敷地内に侵入して、真っすぐ柴崎さんに向かっていったことや逃走用の車を用意していた点などから、計画的な犯行と見られています。警視庁は、柴崎さんや会社にトラブルがなかったかについて調べを進めています』と、原稿を読んでから、共演しているコメンテーターに向かって、語調を変えて話しかけた。

『近所の方たちの話では、大きな銃声は聞こえなかったということですので、消音装置がつけられていたようですが』

『拳銃が使われただけでも、日本ではかなり特殊なケースになるわけですが、サイレンサーがついていたとなると、容疑者の背後に何らかの組織の存在が窺われますよね。また、そういう装置がついていたことで銃身のぶれが大きくなり、運転手の方に当たってしまった可能性もあります』

　画面には『亡くなられた高橋靖夫さん（46）』というキャプションとともに、男性の顔写真が出た。

『幼い頃に親が亡くなって、それ以来家庭に恵まれなくてね』しゃがれた声が流れてきた。高橋さんの叔父という文字が画面の右側に出て、人物の胸元が映し出されている。『独り身で、ずっと気になっていたんだけど、来月、遅くなってしまったけど、結婚することになっていたんです。悔しいねえ。本当に残念でたまりません』

カメラがスタジオに移る。

『柴崎さんの経営する会社は、主に建設関連の業界紙を発行しているということですが、さきほど役員が記者会見に応じ、会社には特にトラブルはなかったと話したとのことです。詳しい内容が入りましたら、またお伝えいたします』

画面が切り替わり、次の話題に移っていった。

「俺も、有名になったもんだな」男が鼻で笑いながら言った。

「会長は生きているってさ。どうすんの？　もう一回襲うつもりなのか？」秋生が馬鹿にするように言った。

ふん、と男が鼻先で受け流した。

そのとき、健治が何か言った。

「何だって？　ちゃんと言ってみろ」

再び健治の口が動くが、明瞭な言葉にならない。

「聞こえねえよ」

男が無視すると、健治が振り絞るように声を出した。

「私、たちを、どう、する、つもりだ」

「どうするかって？」男が大袈裟《おおげさ》に聞き返してから続けた。「こうやって面を晒しているんだ。そこまで言えばわかるよな。頭がいいらしいから」

そう言いながら、テレビのリモコンを手にしてチャンネルを切り替えている。別のニュース番組のところで止めた。

画面には簡易な地図が描かれていて、発砲現場と事故現場にそれぞれ×印がついていた。アナウンサーの声が流れている。

『発砲現場からおよそ二キロメートル離れた交差点で衝突事故を起こした盗難車が、その後の調べで、犯行の際に使われたものと同じ車だということがわかりました。事故を起こした車から、発砲事件の容疑者に似た服装の男が出てきたのを、近所の住民が目撃しています。男が南に向かって走っていったという目撃情報がありますが、その後の足取りは摑めていません』

画面はまた被害者宅の防犯カメラに映っていた容疑者の姿に切り替わった。

「な、面は割れてねえだろう。このカメラの位置はわかっていたからな、人相はわからねえようにしたんだ」男が自慢げに言った。

『事故現場に車を残していかざるを得なかったのが、犯人にとっては大誤算だったのではないでしょうか』テレビ画面には、意見を求められたコメンテーターの顔が大写しになった。『車の中を詳細に調べれば、犯人と結びつくものが発見される可能性があるし、盗難車ということなので、いつどこで盗まれたかもわかるでしょうから、容疑者の絞り込みは比較的早くできるかもしれません』

「へっ、勝手なことを言ってやがる」と、男がテレビに向かって毒づき、リモコンで音量をさげた。

立ちあがって健治に近づく。

「金持ちなんだろう。俺の口座に金を振り込んでくれねえか」健治の膝のあたりを足先で小突きながら言った。

「金をやったら、家を出て行ってくれるのか」健治の声は聞き取れるようになってきた。

「つべこべ言うんじゃねえよ」

「銀行は、閉まっている」健治が唸りながらこたえた。

途端に、男の拳が健治の腹にめり込んだ。健治が悲鳴とも呻きともとれる声をあげ、身体を震わせた。

「ネットでやってんだろうが。惚《とぼ》けたことを言うんじゃねえ」

健治はむせ続けている。

「パソコンはどこにある。ほら、言え」男が包丁で頬を叩く。

「二階」

「どの部屋だ」

「階段あがって……すぐの部屋」

男が立ちあがった。リビングを出ていく。

「あいつは」健治が喘《あえ》ぎながら言った。「いつまでいるつもりなんだ」

「警察の警戒が弱まるまで待つつもりじゃないかな。仲間と連絡を取り合っていた。でも、その前にみんなを殺していくんだろうから、いつまでなんて関係ないよ」

「殺したのが一人なら死刑にならない。ここにいるみんなを殺したら、確実に死刑だぞ。あいつはそれをわかっているのか」

(パパらしい)紗月は、いつも理屈が優先なんだから、と呆《あき》れた。

「前科があるって言うんだから、わかってんじゃない。刑務所に八年入っていたって」秋生が醒《さ》めた口調で言った。

「とにかく説得してみるしかないだろう」

「無理だって。あいつは今、そんな損得勘定なんてできる状態じゃないんだから」

「簡単に諦めるな。おまえはいつも途中で諦めるからだめなんだ」

威厳も何もない腫れあがった顔で意見をする健治に、秋生が吐き捨てるように言った。「こんなときに」

（本当に、こんなときに、だわ）紗月は吐息を洩らした。（パパは人を非難したり叱ったりするときは、我慢することができないんだから）

小さい頃は父親の笑顔を見た気がするが、最近では、口を開くのは怒っているときだけで、そのほかの時間は不機嫌そうな顔をしている。まるで家族と話すのは時間の無駄だとでも思っているかのように。

33　勇樹　午後十時七分

勇樹は二階の吹き抜けに面した手摺壁の陰にしゃがんでいた。父親が帰ってきたことがわかり、下の様子が気になっていた。

（パパもつかまっちゃった）

父親が帰ってくれば、男をやっつけてくれると思っていたのが外れて、気持ちが萎えていた。何もよくなっていない。相変わらず家族の命が危ないまま。そして自由に動けるのは自分だけだということも。

リビングの声が聞こえてくる。父親が「二階」と言い、男が「どの部屋だ」と聞き返している。

そして父親の声。「階段あがって……すぐの部屋」

（たいへんだ。ここにあがってくる）

勇樹は両親の寝室に入り、ドアを閉めた。母親のクローゼットの奥にかかっているコートの後ろで膝を抱えてしゃがむ。ここが一番安心できる場所だった。

階段をあがってくる荒っぽい足音がした。

（ここで三号を見ているから、入ってこないよ）ほかの部屋はドアが開いているけれど、ここだけは、男がトカゲを見て閉めていった。

隣の部屋で音がした。

（パパの部屋だ）

壁越しに、動き回る音が聞こえてくる。

（パパがうごければ、どろぼうをやっつけるのに）

今は捕まっているけれど、やっぱり父親が一番強いと思う気持ちは変わらなかった。兄は何でも持っていて、何でも知っているし、いろんなことができる。そして、恐いところがある。でもその兄を怒鳴りつけているのは父親だった。

（パパを自由にする）今は、それが自分の役目だと思った。

隣の部屋が静かになり、階段をどすんどすんとおりる音が聞こえてきた。

（下を見てみなくちゃ）

吹き抜けの手摺は勇樹の目の位置まである。手摺に手を回し、途中に足をかければ、手摺の上に肘を乗せて顔を出すことはできる。さっきはそうやって下を覗いてみた。だけど、ずっとその姿勢でいるのは辛い。

どうしようかと思いながらクローゼットを出ると、鏡台の前にあるスツールが目に入った。

勇樹は部屋のドアをそっと開けると、スツールを持ちあげて、廊下に運んだ。

34　健治　午後十時十分

「持ってきたぞ。どうするんだ」男が二階からノートパソコンとマウスを持ってきて、健治の顔の側に置いた。「早く言え」

「面倒だぞ。手を自由にしてくれれば、私がやる」

「だめだ。説明しろ」

こいつは、パソコンを使ったことがあるのだろうか。健治はため息をついた。

「先ず、電源を入れる」

「どこだ」

「左の横にボタンが」

男がパソコンを持ちあげて、側面を見た。「おう、これか」

しばらくして、「何か入れろって出てきたぞ」と叫ぶ。

いちいちうるさい奴だと思いながら、健治は「数字のロク・ニ・イチ・ゴ」とこたえた。

「ロク、どこだ、ロク、ロク……ここか。ニ……」男がたどたどしい手つきでキーを打ち終えた。

「何も変わらねえぞ」

「エンターキーを押す」

「エンタ、どれだよ」

「右の方の、一番大きなキーだ」

「どれだ、これか。よし」男が人差し指でつついた。「お、変わったぞ」

（まったく。いや、これは時間稼ぎになるな）

「で、どうすりゃあいいんだ」

「ブラウザを開く」

「何だ、それは」

「どこかに青くて丸いのがあるだろ」

「何か、いろいろあり過ぎるな」

男が苛立った調子で言うと、パソコンをソファに置いて、立ちあがった。健治の両脇に手を入れ、上体を起こし、ソファに向かせた。

「おとなしくしてろよ」包丁で手首に巻いているガムテープを切り、今度は前で巻いた。「さっき言ったブラとかいうのはどれだ。指差せ」

「これだ」健治は画面の中のブラウザのアイコンを示した。

「これか、で、どうするんだ」

健治はタッチパッドに触れて、カーソルを動かしてみせる。「こうやって、矢印をここに当てて、ここを押す」

男が指をタッチパッドに乗せて動かしたが、途中で唸り始めた。「何だ、こりゃあ、面倒くせえ。

これを使うんじゃねえのか、組の若い奴らが使っているのを見たぞ」そう喚いて、マウスを健治の目の前で振ってみせた。

「じゃあ、それを使えばいい」

「どうやって使うんだよ」

「スイッチを入れる。裏側」

「これか。こうやりゃいいのか。よし、青いのが点いた」男はマウスをソファの上で滑らせる。

「こうするんだろ。それぐれえは知ってるぞ。よしよし、矢印が動いた。で、こいつの上に持っていきゃあいいんだろ。このぐらいはできるぞ」

男がマウスの左ボタンを押した。その程度のことは知っているらしい。

「何か出てきたな。お、もうこんな時間か、まずいな」画面の隅に出ている時計の表示が目に入ったのか、男が思案顔をした。「おめえがやれ」と言って、健治にマウスを渡した。

「じゃあ、手を自由にしてくれ」健治はガムテープで巻かれている手首を男の前に出した。このままではマウスの操作も、キーを打つこともできない。

「しようがねえな。妙な真似をしたら、ブスッといくからな」そう言いながら、ガムテープを包丁で切った。

「パソコンをテーブルの上に置いてくれ。ここじゃ、無理だ」

「いちいち面倒なことを言いやがる」文句を言いながらも、窓際に寄せられていたテーブルにパソコンを持っていき、健治の両脇に手を突っ込んで、そこまで引きずっていった。

（こいつはパソコンのことは何も知らない）隙を見て、何かできそうな気がした。

五井《ごい》銀行のホームページを開き、インターネットバンキングにログインした。男は健治の背中に包丁の切っ先を突きつけながら、肩越しに画面を覗き込んでいる。

「ここにはいくら入っているんだ」

男が言い、健治は残高を表示させた。この口座は現金引き出し用に使っているものだ。

頭に衝撃があり、健治の上体が床に倒れた。

「馬鹿にしやがって。二百万しか入ってねえだと。ふざけんな。ちゃんと入っている銀行にしろ」

健治が黙っていると、男は胸倉を摑んで上体を引っ張りあげると、また殴りつけてきた。

「黙っていると、これを続けるだけだぞ。おめえ、死ぬぞ」と言って、また殴る。

意識がなくなりかけて、健治はこたえた。「わかった」

目の周りが熱くなり、画面が見にくくなった。こいつに殴られていたら、本当に死んでしまう。

画面の文字が読みとれなくなると、目に力を入れて何とか判読し、やまと銀行の口座を開いた。男に怒鳴られながら残高を表示する。

「ここには八千万あるな。振込の限度額ってのがあるだろう。いくらだ」

「一千、万、だ」

「しけてやんな。まあいいか、当座の金だからな。今から言う口座へ一千万振り込め」

「振込だと、足が」健治は呼吸を整えて言った。「つくんじゃないのか」

「心配してくれてありがとよ。振込先の口座は、昔作ったやつで、こっちの身元は割れてねえんだ。さあ、早くやれ」

「窓口で引き出せば、限度額がないぞ」

「今はそこまで要らねえんだよ」男が鼻先で笑ったあとで語調を強めた。「早くしろ」

健治はゆっくりと操作して、振込の画面を出した。〝新しいお振込先〟をクリックする。

「振込先の銀行は？」

男が画面を覗き込み、少し考えるような顔つきでいたが、「こっからは、俺でもできそうだな」と言って、パソコンを自分の方に引き寄せた。

マウスを動かし、「お」と口にした。おそらく振込先の銀行名を入れるために、五十音表から頭文字を選んでいるところだと、健治は予想した。「お」から始まる銀行なら、大手ではないな、と思った。

「次」

『次へ』のボタンをクリックしたところか。小さく、「さ」と口ずさむ。支店の頭文字だろう。「よし、よし」と声を出している。口座番号と振込金額の入力画面になったはずだ。

「キュウ、サン」いちいち口に出して、キーを打つ。口座番号を入力しているらしい。「ゴ、ロク、ハチ、ヨン」

口座番号を暗記しているのは、それだけ悪事で頻繁に使っているからだろうかと思いながら男が口にする数字を聞いていると、頭の中に2という数字が浮かんできた。

「ニ」男が七桁目を言った。

（予想が当たった。まあ、確率は十分の一だから、不思議でもないか）

男が小声で一、十、百と数えている。振込金額に一千万と入れ終えたようだ。

「え？　何だ。ワンタイム何とかを入れろだと」

「振込を実行するには、ワンタイムパスワードが必要なんだ」

「何だそれは」

「スマホに送られてくる数字を、ここに入力するんだ」

「おめえのスマホが要るってわけか。どこにある」

「バッグ」

男が舌打ちをして、包丁を手にして廊下に出る。

健治はパソコンを手元に引き寄せ、向きを変えた。手早くブラウザにタブを追加し、ウェブメールのサイトを表示させた。廊下と画面を交互に見ながら、ＩＤとパスワードを入れる。足音が聞こえ、インターネットバンキングのページにフォーカスを移し、パソコンの向きを戻した。

「あったぞ」と言いながら男が戻ってきた。

健治はスマートフォンを受けとるために手を伸ばす。

「これは渡せねえな。何をするかわかったもんじゃねえ。スマホなら、俺もできるんだ。どのアプリだ」

「これだ」健治は仕方なく、やまと銀行のロゴが象《かたど》られたアイコンを指差した。

「パスコードを入力しろだとよ」

「ロク・ニ・イチ・ゴ」

「さっきと同じじゃつか」と、また数字を口にしながらスマートフォンをタップしている。「よし、出てきたぞ。次は?」

「マイページ、ワンタイムパスワード」

「これと、これか。で?」

「新しい振込先」

「これだな。数字が出てきたぞ。これを入れるんだな」

「そうだ」

男はパソコンに向かい、たどたどしい手つきでキーを打った。

「お、振込完了だとよ。さてと、次いこうか」

「次?」

「スマホに、ほかの銀行のマークもあるじゃねえか。あけぼのと三友《みとも》だろう」

「わかった」限度額はどこも一千万円以内だ。全部取られても三千万円で済む。

健治は自嘲の笑いを浮かべた。実際は笑みを浮かべられるほど顔の筋肉は回復していなかったが、そんな気分だった。この侵入者は自分たちを殺そうとしている。けれど自分は、金のことを考えている。生き延びるのを前提にしているのだ。何の根拠もなしに。

「先ず三友からだ。振込できるところまで、おめえがやれ」

男がパソコンの向きを変えた。画面が健治の方を向き、男からは見えない位置になった。

健治はパソコンを引き寄せ、メールのタブにフォーカスを移した。男の動きを目の端に捉えながら、メールの新規作成ボタンをクリックする。空のメールが表示された。TOの欄の横にある『アドレス』ボタンをクリックする。誰がいいか。アドレス帳にある中で、プライベートで親身になってくれる者はすぐに浮かんでこない。

(この際だ)最も親身になって行動してくれる相手を選んだ。近藤《こんどう》——菜緒の苗字《みようじ》だ。

「早くしろよ」

男が中腰になった。健治はブラウザに新しいタブを作った。男が健治の背後に回ろうとしている。お気に入りから三友銀行を選ぶ。

男が画面を覗き込むのと、三友銀行のトップページが表示されるのが同時だった。

「まだかよ」

健治は黙ってインターネットバンキングのログイン画面を出し、IDとパスワードを入れた。振込をクリックする。

「なあ、トイレ行かせてくれよ」秋生の声がした。

「うるせえ。そこでやれ」

「ここでしたら、みんなが臭い思いをするだけだよ」

男が苛立った様子で立ちあがった。

健治は、メールのタブをクリックした。男が秋生の襟を摑んで廊下側へ引きずっていく。

「ここで、してろ」と言って、すぐに引き返してくる。

画面には、宛先に相手のアドレスが入っているだけの、空のメールが表示されている。件名欄にカーソルがある。〝help〟と入れた。Tabキーを押し、本文欄にカーソルを移す。〝いえにさつじんはん〟と書き、〝けいさつにれん〟と打ったところで男が背後に近づいてきた。マウスを動かして送信ボタンをクリックして、すぐに三友銀行のタブを表示させた。

菜緒ならば、〝けいさつにれん〟が、警察に連絡してくれ、という意味だとわかってくれるはずだ。問題はメールをチェックするかだった。スマートフォンのキャリアメールなので手に持っていれば気づくだろう。もし早めにベッドに入っていたとしても、近くに置いてあれば――とにかくメールを読んでくれと、健治は祈った。

「おっ、出てるな」男はそう言って座ると、パソコンを引き寄せた。

健治は秋生を見た。秋生も健治の方を見て、何か問いたげな目をしている。

「さっきと同じようなもんだな。新規振込先で」男の独り言が始まった。

(秋生がトイレと言ったのは、こいつの注意をパソコンから逸らすためなのか)

父親がパソコンで何かを仕掛けているのを察して、その時間を作ってくれようとしたのかもしれない。

「スマホで承認しろだと」男が健治のスマートフォンを手に取った。「三友は、これか。パスはさっきのやつだな?」

健治が頷くのを見て、「ロク・ニ・イチ・ゴ」と言いながら、スマートフォンを操作している。

「よし、開いたぞ。で、どうやりゃ承認できるんだ?」健治に向かって言った。

「マイページ」

「次は」

「下の方に、取引の承認というボタンがあるだろう」

「これか。よし、よし、これで、承認と」

男が満足そうに笑った。

「次は、あけぼのだな。ほれ」男がパソコンの向きを変えた。

「そんなことやっても、すぐに足がつくぞ」秋生が叫んだ。「被害者の口座から振り込まれた金なんだから、警察は押さえるだろ。あんた、馬鹿か」

「ほざいてろ。その前に全額引き出すんだよ」男は健治の背後を動かずに言った。

「引き出すときに、窓口でもATMでも監視カメラに撮られるんだぞ」秋生が口を挟んできた。

健治は、自分がパソコンを操作するときを狙って、秋生が声をかけてきているのを察した。偶然ではなさそうだ。

男は無視を決めたようで、何も返さず、あけぼの銀行の振込が終わるまで、パソコンから目を離さなかった。

男は三千万円の振込が終わって、機嫌をよくしたようだ。当座の金にはじゅうぶんということか。

(当座の金……)

金を振り込めと言ってきたのはテレビの報道番組を観ていたときだった。あのとき急に思い立った感じだった。

健治はテレビに何が映っていたかを思い出してみた。キャスターとコメンテーターが並んでいて、コメンテーターが、犯人にとって事故で車を残さざるを得なかったのは誤算だったのではないかとか、そんなことを言っていた。そこで男が不機嫌になり、金を要求してきた。

(不安になったんだろうな)

車を残してきたことで、ひょっとすると捕まってしまうかもしれないと思い始めたのかもしれない。それで急遽《きゅうきょ》、海外への高飛びでも考えたのか。

健治は声を絞り出して、男に話しかけた。

「なあ、あんた」男が振り向くのを待った。「私たちを殺さずに出ていってくれたら、この家では何もなかったことにするよ。警察にも届けない」

「信じると思うのか」男が面倒くさそうに言う。

「警察に言ったら、あんたの仕返しが恐い。だから言わない」

「ふん」男は鼻で笑った。

「あんたは一人殺したみたいだが、もし万が一捕まっても、一人なら死刑にはならないだろう。私たちを殺してしまえば、確実に死刑になる」

「俺は捕まらねえ。捕まったときのことなんか、考えられねえよ」

「保険だよ。万が一のときを考えておいて損はない」

「おめえらをやっちまえば、完璧に逃げられるんだよ」

「事故って車を残してきたんだろう。完璧とは言えないんじゃないか」

「うるせえ」

男の拳が健治の腹にめり込んだ。

息が止まる。呼吸ができない。必死に空気を吸い、むせた。

「説教する気かよ、俺に」男が振りあげた腕を止めて、笑った。「おめえはよ、嫌われてんだぜ、家族みんなに。嫌な男だというのは、俺にもわかる。おめえは人を馬鹿にして生きてるんだな。それですぐに説教したがる」

男が健治の腕を取り、後ろに回してガムテープを巻いた。

嫌われているのはわかっている、と言い返そうとしたがやめた。思春期の子供が親を敬遠するのは、一時的な病気みたいなものだ。そんなことをこいつに言ってもしようがない。

「嫌われているってのは、やさしいい方だったな。おめえは、恨まれているんだよ。特にこの息子は、おめえを……」

男が言いかけたとき、どこかでスマートフォンのバイブレーションの音がした。

35　秋生　午後十一時八分

バイブレーションの音がしているのは、ソファの上に放られた健治のスマートフォンではなかった。男がリビングの入り口に落ちている紗月の通学バッグを開けた。スマートフォンの震える音が一瞬大きくなった。男がスマートフォンを摑み出すと、音はやんだ。

「電話があったみたいだぜ」男がスマートフォンを目の前にかざす。「L・Gだとよ。そう言やあ、十一時に誰かと会うんだったな。ん？　その前に何か来てたみたいだな。何々……近くまで来た、レオだと」

おそらくスマートフォンの通知機能で直近のメッセージが表示されたのだろう。紗月がこんな時間に男と会う約束をしていたのが、秋生にも意外だった。これまで夜中に家を抜け出したことはなかったのではないか。

紗月は唇を嚙みしめて、男の手にあるスマートフォンを見ている。

「さっき、会う予定だってのは、マユとか言ってたな。これは別口か」

男が紗月に近づいて、右手の親指を立てて言った。「レオってのは、おめえのコレか」

紗月が無言でスマートフォンを凝視し続けている。

「近くまで来たってことは、これから落ち合うつもりだったんだな。すると、さっき女の名前を言っていたが、実は男だったのか」

紗月は無言を貫いている。

男が紗月の顎を摑んだ。「口が利けねえのか。痛い目に遭うぞ」紗月の顔を床に一回押しつけてから、立ちあがり、足で蹴ろうとする。

「待って、言うから」紗月が突然悲鳴のような声を出し、膝を曲げて身体を丸くした。

男は蹴るのをやめて、しゃがみ込んだ。「で、どうなんだ」

「今日、家を出るつもりだったの。で、迎えにきてくれることになっていた」

「家出したかったのか。そりゃあ悪かったな、邪魔して」

「紗月、何を考えているんだ」健治が腫れた唇を懸命に動かして怒鳴った。「馬鹿なことを考えるんじゃない」

「うるせえ。おめえが言えることか。どうせ、家のことは放っておいたんだろうが」男が健治を睨みつけてから、紗月に向き直った。「お嬢ちゃん、今、手を自由にしてやっからな。家出は止めたから、帰って、と返信してくれるか」

男が包丁で紗月の手首に巻いているガムテープを切り、スマートフォンを渡した。包丁を紗月の胸元に押しつけている。

「変なことを書いたら、心臓をブスッといくからな」

「何て打てば?」

「家出はやめた。今日は帰ってくれとでも書け」

紗月がスマートフォンを操作する。男が覗き込む。

「今朝言ったことは間違いでした」と声に出して読み、語尾をあげて、紗月を見た。「家出の話をしたのが今朝だったの」紗月がこたえる。

「家出はやめます」男が読み、「よし」と言った。

「散々悩んだけど、家を出るのは今じゃないと思ったわけ」と読んで、「ふん」と鼻先で笑った。

「辛い決断だけど、今日のところは帰って」男は言って、しばらく黙った。「それで、終いか」

「ええ」

「長ったらしいな」

「ただ家出をやめた、だけだと変に思うでしょ。簡単にでも経緯を書いておかないと」

「やけに協力的じゃねえか」

「さっきみたいに、家に呼べってことにならないようにね。彼には黙って帰って欲しいから」

「泣かせるねえ。よし、送れ」

返信はすぐにあった。

「君の気持ちは理解した。今日は帰る、か」男が口に出して言った。「ずいぶんとあっさり理解したもんだな。ほんとのところ、向こうは、荷物を背負い込まなくて済んだって、ほっとしてんじゃねえか」

紗月が悔しそうに唇をきつく結んでいる。

「よし、手を後ろに回せ」男が、また紗月の手首をガムテープで巻いた。

「ったく、この年で、男がいて、駆け落ちするとはな。まあ、身体はもう大人だしな」

男がまた紗月の胸を制服の上から摑む。

「嫌っ」という紗月の声に、「やめて」と亮子の声が被る。

「そう嫌がるなよ」と、男が紗月に近づいて顔を覗き込む。

紗月が「うっ」と、むせ、嘔吐《おうと》した。

「馬鹿野郎、汚ねえな」男が後ろに飛び退《の》く。「ふざけやがって」と怒鳴りながら、紗月を蹴った。

紗月は、さっきと同じように膝を曲げ、身体を丸くした。

「やめてください。お願いです」亮子が泣き叫ぶ。「紗月、大丈夫?」

紗月は声を出せずに、顔を歪めている。

「あんた、やっぱりダセエよ」秋生は声を張りあげた。

「何がだ」

「そこら辺にいるいやらしい中年男だよ。人を殺してきたとか、自慢げに言っているけど、単なる汚いおっさんだ」

「この野郎」

男が秋生に近づき、腹、胸、脚を蹴りつける。執拗《しつよう》に何度も繰り返す。

秋生は無理やり口角をあげた。歯を食いしばり唇が歪んでいるが、自分では笑っているつもりだった。母や妹が乱暴を受けるのを見るより、自分が痛めつけられている方がよほど気が楽だった。

ロッキーのテーマが鳴り、暴力がやんだ。男がスマートフォンを手にしてダイニングの椅子に座った。

(こいつを絶対殺してやる)秋生は身体を丸めて痛みを堪えながら、男を睨みつけた。

36　勇樹　午後十一時三十四分

勇樹はスツールに片足をかけた。もう一方の足をあげた途端に身体が揺れた。手摺に手をかけ、屈んで耐える。指先がリビングから見えることに気づき、慌てて手を引く。揺れが収まるのを待つ。今、男が二階にあがってきたら逃げ場がないと思ったら恐怖心が芽生えてきた。さっきからそんなことばかり考えて、自分で勝手に恐がっているような気がした。今はずっと危険なことをしているのだから、いちいち男が来たらどうしようなんて考えるのをやめようと決めた。

（ぼくは強い、ぼくは強い）頭の中で繰り返す。

手摺に乗せた手に力を入れて、スツールの上でゆっくりと立ちあがる。手摺に上体を乗せて、顔を徐々に出していく。

（パパだ）

健治はリビングの真ん中あたりにいた。和室の近くに紗月が見えた。男の姿は見えなかった。もっと顔を出してみる。ダイニングとの間に亮子、廊下に近い方に秋生の姿が見えた。

勇樹はスツールからおり、手摺壁を背に座って膝を抱えた。後ろ手にされている姿は、アニメでよく見る。主人公の仲間たちが悪者に捕まると、たいていは手を後ろに回されて縛りあげられるからだ。最後は助けに来た主人公が縄を解く。主人公が縛られたときは、助けに来る人がいない。いろいろな場面を思い出してみる。何かざらざらしたものに擦《こす》りつけてロープを切っていたのもあった。隠し持っていたナイフで、犯人に気づかれないように切る場面を思い描いて、それが一番確実だと思えた。パパはナイフを持っていないから、自分がナイフを渡せばいいんだと。

(でも、どうやって)

アニメの主人公が天井からロープを伝っておりてくる姿が、頭の中に浮かんできた。

吹き抜けには、一階と二階の間に梁が三本通っている。真ん中の梁が一番丈夫だと家族の誰かが言っていた。ちょうどその梁の下に父親がいる。

勇樹は前々から梁の上を渡れたら格好いいと思っていた。だが実際にやろうと思ったことはなかった。そんなことをすれば、叱られるのはわかっていたし、自分にできるとは思えなかったのもある。

(でも、今はやらなくっちゃ)

梁の上を父親の真上まで行き、そこから糸に結んだナイフを吊《つ》りさげればいい。

秋生の部屋に、たこ糸があったのを思い出したけれど、取るのが難しい場所にあった。ほかに、二階にある紐や糸となると——。

(お姉ちゃんだ)

家庭科で使う裁縫セットと言っていた。それに糸が入っているのを見たことがある。紗月の部屋へ行くと、そこは荒らされていなかった。整頓された部屋を見回し、見える範囲に裁縫セットがないのはすぐにわかった。そうすると、引出しか棚の扉がついているところだと、見当がつく。

(ぼくはさがしものの名人だ)そう思い込む。

壁半面にある作りつけの棚に、扉がついているのは四箇所ある。右下の扉を開けた。なかった。

次に左下の扉。

（ほらね、あった）

勇樹は裁縫セットを開け、小さい糸巻台紙に巻かれた黒い糸を取り出した。巻かれているので、糸の長さはよくわからなかったけれど、床まで届く長さはあるような気がした。裁縫セットを棚に戻して扉を閉めると、両親の部屋に入った。台紙から糸の先を引き出し、カッターナイフの柄の先にある穴に通した。糸や紐を結ぶのは不得意だけれども、玉結びだったらできる。二回結び、引っ張って確かめる。

（いたっ）カッターを持ち替えたときに、左の人差し指の腹を切ってしまった。刃が少し出ていたのだ。傷口で血が膨らみ、流れてきた。血を見るのは大嫌いだ。叫び声が出そうになる口をきつく閉じ、泣くのを堪えた。ナイトテーブルにあるティッシュボックスから二、三枚抜き取って指に当てる。急ぎたい気持ちを抑えて慎重にドアを開け、自分の部屋へ行く。机の引出しからガーゼつきの絆創膏を出した。以前怪我《けが》をしたときに、置いてあったのだ。

唇を結んだまま、真っ赤に染まったティッシュを外す。傷口から血が噴き出しているように見えた。ティッシュで一度拭い、すぐにガーゼを当てた。絆創膏で指の腹を巻く。ガーゼと絆創膏に血が滲み、色が変わってくる。滲みの広がり具合が弱まった。ようやくきつく閉じた唇を緩めた。

勇樹は両親の寝室に引き返し、糸につないだカッターを持つと、廊下に出てスツールの側にしゃがんだ。

目を閉じて、一階でどんな音がしているかを聞き分けようとする。

足音が聞こえる。ダイニングテーブルの方へ向かっている。ダイニングは吹き抜けになっていないから、ドロボーがそこにいるのなら、顔を出しても大丈夫。

スツールに乗り、ゆっくりと頭を出す。下を覗き込むと、やはりドロボーの姿は見えなかった。声だけはしている。電話をしているみたいだった。

今なら梁の上に立てそうだと思うと、喉が渇いてきた。唾を飲み込むのに苦労するくらいだった。食欲はないけれども、腹の虫が鳴った。

勇樹はスツールをおりて洗面所に行くと、蛇口を細く開けた。自分用のコップを斜めにして半分ほど注ぐ。三口で飲み干す。ただの水がこんなにおいしいとは思ってもみなかった。少し落ち着いた気分になった。

廊下に戻ってナイフと糸巻台紙をズボンのポケットに突っ込み、スツールにあがる。まだ、電話しているような男の声が聞こえている。ゆっくり立ちあがって手摺越しに頭をそっと出し、もう一度男が吹き抜けの下にいないのを確認する。

両手を手摺にかける。手摺の幅は勇樹の掌より少しだけ広い。手摺に沿って身体を乗せた。脚を吹き抜け側に回しながら、両手は手摺の廊下側を摑む。腹を中心にして回転を続け、下半身が吹き抜け側に出たところで足を梁に下ろす。

届かない。足先を伸ばしたが、何にも触れない。手摺を摑む指に力を入れて、腹部をずり下ろしていく。曲げた肘がだんだん伸びていく。足先はまだ届かない。肘が伸びるとともに、支える力が弱くなってきた。

（だめ）

手摺を摑む指が離れ、落ちた——と思った直後に左の足先が梁に触れた。落ちたのはほんの数センチだった。だが、右足は触れていなかった。慌てて手摺を摑み直す。爪先立ちの片足と両手で身体を支える。右足を左足の方へ動かして梁の上に置く。肘を伸ばしきって足の裏を梁に乗せた。

梁の幅は、学校にある平均台の倍はある。だから行けるはずだと思った。

手を離す。

（こわい）幅が平均台の倍あっても、この高さは恐かった。

足裏を小刻みに動かして、回れ右をする。少しでもよろよろすれば転落してしまうと思い、刻み方がより細かくなる。ゆっくりと前向きになった。

二年生になって、平均台を渡りきれるようになった。父親の真上の位置までは、平均台の長さより短い。

（行ける。ぼくは強い）

両手を広げてバランスをとり、一歩踏み出した。片足を離すときが恐い。右足が着き、両足でバランスを確かめる。次は左足。

（できる）

前より早く右足を離した。悪い予感がして、素早く足を着ける。バランスが崩れ、左足の裏に力を入れて耐える。上体がぐらつく。両腕を動かしてバランスを取る。右に傾《かし》いだ。身体がくの字になったまま耐える。止まった。ゆっくりと上体を起こし、真っすぐに立つ。

深呼吸。あと二歩か三歩。

汗が目に入ってくる。二歩進んで下を向く。父親の顔が見えた。ここでいい。慎重にしゃがむと、両手を梁に突いた。足を下ろすとドロボーに見つかりやすくなるから、腹ばいになった。

（あっ）

下を見たときに、埃《ほこり》がいくつも落ちていくのに気づいた。母親がときどき柄を長くした羽箒《はねぼうき》で梁の上のほこりを払っているのを見たことがある。梁の上は、それだけ埃が溜まりやすいところだということを忘れていた。男に見られたら大変だ。

(早くカッターをわたさなきゃ)

勇樹は両手と両足で梁の横腹を押さえて身体を安定させると、ポケットからカッターと糸巻台紙を出した。目の前に持ってきてカッターから手を離し、糸巻台紙を摑む。一度深呼吸をしてから、糸巻台紙を回転させて糸を垂らそうとしたとき、ダイニングの椅子が引かれる音がした。

37 健治 午後十一時四十一分

男がダイニングで電話をかけている。自分からかけたようだ。声をひそめているが、苛立った様子で、何を手間取ってやがる、という言葉が聞き取れた。

(菜緒はメールを見ていないのか)

健治がメールを打ってから一時間以上経つが、何の動きもない。菜緒が健治のメールを見れば、警察に連絡するはずだ。警察はどうする？　いきなり飛び込んでくるような真似はしないだろう。先ずは家の中で犯人と家の者たちがどういう状態かを把握する。今ごろ家の周りを多くの警察官が囲んでいるのかもしれない。健治は先刻から、外のどんなかすかな気配も聞き逃すまいと聞き耳を立てているのだが、何の感触も得られないでいる。今の望みは、菜緒がメールを見てくれることだけなのだ。

健治はため息とともに上を見た。

梁の上に勇樹が乗っているのが目に入った。（何やっているんだ）勇樹の姿が見えないと思っていたが二階にいたのか。どういう経緯でそうなったのかわからないが、勇樹がいるのを男は知らないのだ。

勇樹が危なっかしい足つきで梁の上を進んできて、健治の真上で腹ばいになった。埃が舞い落ちてくる。健治はダイニングの椅子に座って電話をしている男を見た。顔の左側が見えている。こっちを向くなと念じる。埃と男を交互に見た。

埃を見上げたときに、勇樹がポケットに手を入れ、何かを取り出すのが見えた。あの弱虫の勇樹が何かをやろうとしているのが信じられなかった。

（そこでじっとしていろ）そう言いたくても声を出すわけにはいかない。

そのとき、男がダイニングの椅子から立ちあがった。電話が終わったのだ。リビングに来ようとしている。細かい埃がまだ舞っていた。見上げればすぐに勇樹の姿が目に入ってしまう。

健治は秋生を見た。男が廊下側にいる秋生の方へ行けば、埃に気づきにくい。秋生に男の注意を引きつけるように合図を送ろうとしたが、秋生はこちらを見てなかった。梁の上にいる勇樹にも気づいていないようだった。

せめて男の視線が上にいかないように、声をあげようとしたが、その前にソファにあるスマートフォンが鳴った。着信音から健治のものが鳴ったのだとわかる。まさか菜緒からではないだろうなと、不安になる。途中で切れたメールを読み、状況を確認するために電話してきたのだとすれば——。

「うるせえな」男がソファからスマートフォンを取りあげた。「ゼロ・キュウ・ゼロ……」番号を読みあげる。

健治は小さく吐息を洩らした。電話番号が表示されているのなら、電話帳に登録していない相手からかかってきたのだ。深夜のそういう電話はほぼ間違い電話と考えていい。

（いや、警察が様子を探るためにかけてきたのかもしれない）淡い希望の灯が点《とも》る。

「おっ、切れたな」

健治の意識が勇樹に戻った。今どうしているのかを確かめたいが、男の顔がこちらを向いている間は視線を上にあげたくない。魔が差してできた子で、これまで大してかわいいと思ってこなかったが、さすがに男に見つかって引きずり下ろされるところは見たくない。

男がスマートフォンを見ているうちはいいが、どうやって上を見ないようにさせるかだ。

「トイレに行かせてください」突然亮子の声が響いた。

38　亮子　午後十一時四十二分

亮子は何げなく目を上に向けた途端に、息をのんだ。危うく声を出すところだった。

（勇ちゃん）勇樹が梁の上で腹ばいになるところだった。手をポケットに入れたときに、男がダイニングの椅子から立ちあがり、勇樹の動きが止まった。

健治のスマートフォンが鳴り、男が取りあげる。勇樹がまた動き出した。

「ゼロ・キュウ……」男が着信番号を読みあげる。

（えっ）串田の携帯番号だった。

串田は担当している生徒の、本人ばかりか提出書類に記載されている親の携帯番号もすべてアドレス帳に登録していた。それを知ったときに、さすがに気味が悪いと思った。今もそれを悪用して、嫌がらせの電話をかけてきたのだろう。おそらく健治が出ればすぐに切るつもりだったに違いない。こんな電話がかかってきたと、健治が話題にすれば、亮子にプレッシャーをかけられるとでも思ったのだろうか。想像以上の執念深さだった。

梁の上では勇樹が動き続けていた。腹ばいになったまま、額に当てていた両手のうち、右手をゆっくり横に出し、そのまま半ズボンのポケットまで回した。

（動かないで、お願い）

ポケットから出てきた勇樹の右手には何かが握られていた。それを頭の先まで持っていき、梁の上に置いたようだ。

（何をする気なの。もう、そこでじっとしていなさい）

声を出せないもどかしさで、じれてくる。勇樹が頭をもたげて左側に傾け、下を覗き込もうとしている。

（だめよ、そんなに乗り出しちゃ）

勇樹の上半身が、がくりと動いて傾きを増した。すぐに右手で梁を摑み、動きを止めた。体勢を持ち直したように見えた。

亮子は大きな吐息を洩らした。だがその息が途中で止まった。

勇樹がまた下を見ようとして左側に乗り出したとき、右手がうまく支えきれずに身体が回ってしまった。

（危ない）

落ちるかと思われた勇樹の身体が、梁の横腹に張りついている。勇樹は両腕、両足を梁に巻きつけ、かろうじて梁の横腹にしがみついている。

（落ちる）

「ぼくね、今日、地きゅう回りができるようになったんだよ」鉄棒にぶらさがって横に回転するのができるようになったと、自慢げに言った顔が浮かんできた。つい二ヶ月前のことだ。一年生の終わりに、ぶたの丸焼きができたとも言っていた。でも、鉄棒と梁では太さが全然違う。どれだけ持ちこたえられるのかわからない。

勇樹の顔は見えないが、身体の動きから、必死に体勢をもとに戻そうとしているのがわかる。

男が「切れたな」と言って、スマートフォンから顔をあげた。

亮子は「トイレに行かせてください」と叫んだ。

「ふん、贅沢言うな。そこでしろ」

「お願いです。無理です。ここではできません。恥ずかしいことさせないで」

勇樹の方を見ないようにと、無理やり視線を男の顔に当てる。

「しようがねえな。成城《せいじょう》の奥様に垂れ流しをさせるわけにはいかねえか」

男の気が変わったようだ。秋生のときとは目つきが違った。薄笑いを浮かべながら亮子の足首を持ち、ガムテープを包丁で切った。

亮子は掴まれた感触に全身が粟立《あわだ》ち、すぐに起きあがった。

「そう慌てるな。よっぽど切羽詰っているんだな」

それでも制止されることなく、廊下に出られた。視野の端に、包丁を握っている男の手が見えた。

勇樹がその後どうなっているのか気がかりだった。

(勇ちゃん、頑張るのよ)

亮子はトイレの前で振り返り、「手も自由にしてください」

「それはならねえな」

「でも、それじゃ……」

男が下卑た笑いで唇を歪めた。

39　健治　午後十一時四十七分

男が亮子に視線を移したのを見て、健治は上を向いた。

(無茶な)勇樹が梁に抱きついていた。

男が亮子の足の拘束を解いて、廊下に連れ出していく。

勇樹はよく耐えていた。普段の勇樹を見ていないから、今どの程度の力があるのかわからないが、体力や運動能力については平均以下だという話は聞いていた。落ちる、と思った。

健治は踵《かかと》で床を押して移動した。勇樹の真下になるように。

(何をしているんだ、俺は)自嘲する。

梁の高さは二メートル六十センチ程度だが、頭から落ちたら命に関わるだろう。下に衝撃を和らげるものがあれば、致命的な事態は避けられそうだ。緩衝材になりそうなのは、今はこの身体しかない。普通の親なら当たり前の行動かもしれないが——。

勇樹は粘っている。身体が持ちあがってきた。見ている健治にも力が入る。

もう少しだ。そこだ。「行け」思わず口に出した。

40　勇樹　午後十一時四十八分

勇樹の右手の指は、梁の向こう側の角を摑んでいる。右足は梁の上。左脚を曲げて梁の横腹に押しつけていた。そして左手はこちら側の角を摑んでいる。そのどれか一つでも力を抜いたら落ちてしまう。

鉄棒では、豚の丸焼きができたんだと言い聞かせる。あれはぶらさがっていればよかったけれど、今は身体を梁の上に引きあげなければならない。

(重い)こんなに自分の身体が重いと感じたことはなかった。

身体がどんな風になっているのかを想像する。カエルが梁にへばりついている姿が頭に浮かんできた。

(そっか)右の肘が梁の上につけばいいんだ。右の踵と左の膝で梁を押さえて、右手の指に力を入れて肘を梁の上に引きあげる。そのとき、左手で梁の横を押す。何となくそんな順番が頭の中に浮かんできた。それをいっぺんにやる。力を出せるのは一度だけ。

(一、二の三)最初の二つで、一回だけと自分に念押しし、三つめで両手両足を同時に動かした。

肘が、梁の上にいかない。

(もうちょい)もう一度は、ない。力を入れるのはここしかない。

残りの力をすべて絞り出す。肘が角に触れた。肘をさらにあげる。梁の角が皮膚に食い込む。今痛みは関係ない。肘をあげる。かかった。肘の骨と肉で身体を支えて引きあげる。腰があがる。右の膝が梁の上に回った。膝で支え、腕の力で上体を引きあげ、梁の上に腹ばいになった。身体を梁に沿わせて、手足を休ませる。急に肘や膝が痛み出した。

(できた)

最後まで諦めずにやれば、できることが増えていく。

男は母親を連れて廊下に出ていった。カッターを落とすのは今だった。

顔をあげて、梁の上に置いた糸とカッターを見た。右手を伸ばして糸巻台紙を持ちあげた。糸にぶらさがったカッターが揺れた。顔だけを左に出して下を見る。父親と目があった。

顔を戻し、糸巻台紙に左手も添えて両手で持った。梁から両手を離しているので、身体を動かさないようにした。今は下を見なくていいと、自分に言い聞かせる。

糸巻台紙を回転させる。落とさないように慎重に回す。台紙に巻かれている糸がどんどん少なくなっていく。最後までできた。糸巻台紙を左手で持ち、右手は梁に回した。身体を支えて顔を左側に出す。

カッターはまだ空中にあった。父親のところまで届いていなかった。ここで手を離せば、カッターが床に落ちて音を立てるかもしれない。

41　秋生　午後十一時四十七分

秋生は母親が立ちあがったときに、梁にしがみついている勇樹に気づいた。それで母親が急にトイレに行かせてくれと訴えたのが、男の目を勇樹から逸らすためだとわかった。

勇樹の真下で、まるで勇樹を受け止めようとでもしている父親を目にして、まさかと思った。あの父親に限って、自分の身体を犠牲にしてまで息子を助けようとするとは思えなかった。

勇樹が全身に力を入れて、必死に梁の上へあがろうとしている。

(今だ、右足に力を入れろ)そう声をかけそうになった瞬間、勇樹が梁にあがりきり、腹ばいになった。

(あいつ、何やってんだ)

どうやって梁の上にいるのかわからなかったが、あの弱虫で泣き虫の勇樹が自分を危険に晒してまで行動しているのを見て、胸が熱くなった。

勇樹が何かを両手で持ち、下を覗き込んでいる。すると、細長いものがさがってきた。

(カッターか)

勇樹はカッターナイフを糸で吊るして下ろし、父親に渡そうとしているのだ。

(馬鹿。そっちじゃない)

あのクソオヤジがカッターを手にしても、男に向かっていくとは思えない。どうせならこっちに落とせと、秋生は口を動かした。

それにしても、勇樹の顔つきは真剣そのものだ。いつもの泣き虫ではなかった。

(やるな、あいつ)

いつもピーピー泣いている勇樹が家族を助けようと行動しているなんて、ちょっと信じられなかった。

(馬鹿、落ちるぞ)

勇樹はカッターを父親の手の届く範囲に着地させようと必死で、いつの間にか身体半分が梁から出てしまっていた。秋生の顎が知らず知らずのうちに、身体を引っ込めろと指示するように動く。

糸の動きが止まった。床まであと一メートルほどを残し、カッターが小さく揺れていた。そこから落とせば、下手をすると床を打ち、大きな音がする。

健治が勇樹を見ながら何度も頷き、何か合図を送っているように見えた。そして身体を苦しそうに捻り、背中を上にして、顔を上下させて落とせと言っているようだ。仰向けのままだと、カッターが跳ねて床に落ちるかもしれないが、後ろ手にされている背中なら収まりがいい。

勇樹は、硬直したようにまったく動きを見せない。どうしていいのかわからないのだ。

(勇樹、手を離せ)叫びたいのを我慢した。

勇樹が意を決したように、糸を掴んでいた手を開いた。カッターが健治の背中に当たり、そこに留まった。健治が身を捩《よじ》って背中のカッターを移動させている。身体をぎこちなく回転させ、仰向けになった。カッターが手中に収まったようだった。だが、糸巻台紙を隠し切れていなかった。

「父さん」秋生は何年かぶりで、そう呼んだ。廊下に聞こえないように囁く。「糸巻が見えている」

健治が小さく頷き、糸巻台紙を手繰り寄せた。

42　健治　午後十一時五十三分

健治は手中にあるナイフを握り締めながら、勇樹から目を離せないでいた。

勇樹は腹ばいの姿勢から上体を起こし、手を前に突いて尻を擦りながら後ろに移動している。手摺壁の近くまでくると、一つひとつ動作を確認するようにして立ちあがった。慎重に、慎重にと、自らに言い聞かせているような様子だ。だが身体の向きを変えるのは簡単ではないようだった。九十度回転したところで少し前屈みになったが、何とか耐えた。もう九十度回って手摺に正対する、と、そのとき大きく右に傾いだ。

（落ちるぞ）

健治は思わず叫びそうになった。勇樹が身体を傾けたまま一歩踏み出し、左手を手摺壁に突いた。身体はまだ傾いだままだが、よく耐えている。動きが止まり、数秒後に、ゆっくりと上体を戻していった。

勇樹が両手を手摺にかける。

（どうやって越えるつもりだ）

手摺の高さは、勇樹の目ぐらいまである。運動神経はあまりよい方ではない。力も同じ年の子の平均を下回っていると、亮子から聞いたことがある。そんな子が乗り越えられるのか。

見ていると、勇樹は手を伸ばして、手摺の向こう側を摑んだようだ。手で身体を引きあげながら、足を壁につけてあがっていく。胸が手摺に乗った。足もかけて手摺の上に身体全体が乗り、向こう側に消えていった。

大きな吐息が出た。あれが本当に勇樹だったのかと、信じられない思いだった。

さて、どうするか。

つい勇樹の必死の形相につられてカッターを受けとったものの、どう使うかを決めたわけではなかった。多少時間をかければガムテープを切ることはできるが、それでどうなる。男に知られれば、すぐに殺されるかもしれない。だがこのままでは、皆殺されるだけだから同じことだ。ガムテープを切るなら、そのあとすぐに男の不意を突いて倒さなければ意味がない。それは可能か。取っ組み合いをしたら負ける。勝つ気がしない。カッターでは武器にならないし、たとえ包丁が手に入ったとしても、それで自分が人を刺せるとは思えない。ちくしょう、何でこんなことになったんだ。

（ん？）

秋生がじっと見つめているのに気づいた。口を開いて何かを言おうとしている口の動きで、（何だ？）と聞いた。

秋生が大きく口を開き、言葉を発している。途切れ途切れに囁く声が聞こえてきた。

「早くテープを切れよ」そう言っているようだ。

続けて秋生が身体の向きを変え、背中を見せた。背中に回された両手を動かしている。ガムテープで手首を固定されているから微妙な動きだったが、確かに何かを示そうとしている。

秋生は身体を回転させて健治の方に向き直った。顎を突き出し、その顎を自分の背後を示すように動かしてから、また口を大きく開いた。

唇の動きは、「俺のも切って」と言っているようだった。

秋生は、相当に入れ込んでいる目つきをしている。手足が自由になれば、すぐにでも男に突進していきそうだ。だが、相手は殺人犯だ。それに包丁を持っている。秋生だけでは敵《かな》わない。

二人がかりなら、何とかなるだろうか。

そのときインターフォンのチャイムが鳴って、健治の思考が中断した。

43　亮子　午後十一時五十四分

「手を自由にしてください」

亮子は何度も同じ言葉を繰り返していた。

「だめだな。その代わり、俺が手伝ってやるって、さっきから何度も言っているじゃねえか」

男は下卑た笑いを浮かべながら、いたぶるのを楽しんでいるようだ。格好の暇つぶしを見つけた気分なのかもしれない。亮子は時間稼ぎもあって同じ言葉を口にし続けていたが、もし向こうが根負けして手を自由にしてくれたら、隙を見てキッチンに駆け込み、今度こそ包丁で刺そうと思っていた。

「女の私をちょっとだけ自由にしても、抵抗できるわけはないでしょう。あなたは刃物も拳銃も持っているのだし。そんなに警戒する必要はないじゃないですか」

「警戒？　俺がか？　冗談いうな、これは暇つぶしだよ。仲間から連絡が来るまではな。退屈しのぎに、奥さん、つき合ってくれねえか」

男が包丁を亮子の左の胸に押しつける。

亮子は身を捩りながら、「もうトイレはいいです」と語気を強めて言った。

「そう言うなよ。今脱がしてやる。遠慮するなって」

男が口元に笑いを浮かべたまま、スカートに手を伸ばしてきた。亮子は後ずさりして避《よ》けた。

男は飛びかかってくるわけではなく、手を伸ばしては、亮子が逃げるのをおもしろがっている。

背中がストックルームのドアにぶつかる。男は喉の奥を鳴らしながら笑っている。目つきも、狂気を漂わせているように見えた。

そのとき、インターフォンのチャイムが鳴った。

男が「何だ」と言って身を起こし、包丁を拾いあげると亮子の腕を取ってリビングに入った。インターフォンと防犯カメラのモニターを交互に見やる。

またチャイムが鳴った。男が舌打ちをする。

亮子にもモニターが見えた。門柱の前に男が立っているのがわかる。串田ではない。背中にリュックのようなものを背負っている。

男が包丁を亮子の首筋に当てた。「おい、みんな声を出すんじゃねえぞ。何か言ってみろ、こいつを刺すからな」

そう言ってから、インターフォンのボタンを押した。

亮子は包丁の刃先に触れないように頭を回して、上目遣いに梁を見る。勇樹の姿はなかった。無事に二階に戻れたのだ。

「はい」男がぶっきらぼうな声を出す。

「今晩は。出前キングです」軽やかな声が聞こえ、フードデリバリーサービスの名称を言った。

「うちは頼んでいない」

「おかしいですね。合田さんですよね。確かにお宅なんですけど」

「だから、頼んでいないんだ。間違いだよ」男が苛立たしげに言った。それでも地の言い方が出ないようにしている。

「注文は、たぶん、娘さんだと思うんですけど、聞いていただけませんか」

「娘は今はいない。だから間違いだ」

「そうですか、わかりました。失礼します」

防犯カメラに、引きあげる男の姿が映る。声もそうだが、見た目も若そうだった。これも串田が嫌がらせの注文をしたのだろうかと、亮子はふと思った。

そのとき、紗月が悲鳴と呻きの混じった声を出した。

「アッ、アッ、アッ」と顔を歪める。制服のグレーのスカートが赤く染まってきた。

男も驚いた様子で、動きを止めた。

「アー」悲鳴が強くなった。

亮子は、生理が始まったのかと思ったが、すぐに違うと感じた。

（まさか）

最近の紗月は食欲がなく、嘔吐したのではないかと感じることも一度や二度ではなかった。さっきの嘔吐を見て、やはり妊娠しているのかもと思ったが、まさかと否定した。でも、そのまさかかもしれない。

「紗月、妊娠しているの？」亮子は叫んだ。

紗月は顔を歪めたまま、何も言わない。亮子は紗月の傍らに這っていった。娘の顔を見て、間違いないと感じた。

「流産したんじゃないの？」

亮子の言葉に、紗月が見返してきた。唇を強く閉じ、眉根を寄せている。

「流産だと、何てことを」健治が吐き捨てるように言った。

「救急車、救急車を呼んでください」亮子は男に向かって叫んだ。「お願いします」

「馬鹿言え。そんなもん、呼べるか。おめえたちは、どっちみち死ぬんだ。がたがた言うんじゃねえ」

男が亮子を紗月から引き離す。

「紗月、本当に妊娠しているのか。何を考えているんだ、おまえは」健治ががなり立てる。

「うるせえんだよ、おめえも」男が健治の腹を蹴る。

「救急車。早くして。お願いです」亮子は叫び続ける。

男が、「うるせえ、黙れ」と言って、亮子の足首にガムテープを巻きつけた。

「このままでは死んじゃいます。救急車をお願いします」

「だから言ってんだろうが。おめえらはすぐに死ぬんだよ。同じだ。もう面倒くせえ。今やってやるか。連絡があるまで生かしとくつもりだったが、もううるさくてしようがねえ」

男が包丁を握り直した。

「おっと、約束を忘れるところだったな」秋生に近づく。「おめえは親父を殺してやりたいんだろ。今、やらしてやるよ」

男が秋生の襟首を持って健治の近くに引っ張っていく。

「おい」と、健治に呼びかける。「おめえの息子はな、親父を殺してえほど憎んでいるんだってよ。知ってたか。ほれ、これが計画書だとよ」

男が秋生の部屋から持ってきた紙を健治の見えるところに広げる。

秋生はずっと目を伏せていた。

男が秋生の襟首を持ちあげて、膝立ちをさせる。ダイニングテーブルから拳銃を持ってきてベルトに挟んだ。包丁を手に取って秋生の手首に巻いたガムテープを切ると、床に置いた。

男はソファに座り、拳銃を秋生に向けた。「包丁を取れ」

秋生は黙って男を見ている。

「取れよ。言うことをきかねえと、ぶっ放すぞ」

秋生が手を伸ばして包丁を取る。

「そいつで、親父を刺せ。殺せ。おめえがやりたかったことだ。最後に叶《かな》えさせてやる」

秋生が包丁を両手で握りしめる。

「もう、やめて」亮子は叫んだ。

「やれよ」男が秋生を促した。

44　健治　午後十一時五十九分

健治は秋生が握っている包丁の切っ先を見つめた。視線はそこで止まり、秋生の顔へはいかなかった。先刻、秋生とアイコンタクトが取れたと感じたが、勘違いだったか。

昨夜の、ペーパーナイフを振りかざした秋生の顔が甦ってくる。昨日ばかりではない。この一年ぐらいは、露骨に反抗的な態度を示すようになっていた。こいつでも反抗するのかと、妙に感心もした。

東大受験を強要しているのが、それほど苦痛だというのか。秋生がほかの大学のわけのわからない学科を志望しているのは、単なる逃避だ。それを指摘したくらいで親を殺したいほど恨むものか？

秋生が口にした昨夜の言葉を思い出す。「持ち物をブランド品で揃えるのと一緒か。俺は持ち物じゃないんだ」

ブランド品で揃えるのと一緒――。子供の頃から、何かを買いにいくと、常に父親がその店で一番よいものを選んでくれた。だから選択できるなら一流のものを選ぶのが当たり前だと思っていた。

官僚になると決めて目指したのは、当時最も格が高いと言われていた大蔵省だったが、結局は行くことができず、通産省で妥協したときに挫折感を味わった。周囲から、そう思うのは贅沢だと言われたのがせめてもの慰めだった。

だから子供に一番を目指させるのは、当然だった。絵や音楽、スポーツに関してはそれほど才能がないのはわかったから、努力さえすれば可能な学業での一番は譲れなかった。これは自分も親から期待されて、その通りにやってきたことなのだから、できて当然なのだ。

そこに子供の希望など入れる余地はなかったのは確かだ。何が子供の幸せかなど、突き詰めて考えたことはない。自分と同じ道を歩ませるのがよいのだと疑わなかった。

健治は秋生の顔を直視した。何かを考えているような、焦点の定まらない目をしている。父親を刺したいのか、刺したくないのか、迷っているのか。

もともと秋生は気概も反発心もない子供だった。競争心が希薄で、負けてもへらへらと笑っているような子だった。勉強にしても運動にしても、一番になるのに最も必要なものが欠けていたのだ。秋生が小さい頃、亮子がよく、やさしい子だと言っていた。やさしさなど、社会を生きていく上で何の役にも立たないと無視してきた。

臆病なところを優しいと勘違いしているのだ。とにかく新しいことに挑戦するのを嫌がる子だった。亮子も秋生が怖気づくとあえて挑戦させなかった。結局、挑戦心を養う環境ではなかったのだ。それに誘拐されて、恐怖心が植えつけられ、余計に臆病になったのもある。

誘拐――。

急に七桁の数字が脳裏に浮かんだ。誘拐からの連想で、記憶の中から引き出されたようだ。九、三、五、六、八、四、二。思い出した。これは誘拐犯が身代金を受けとるために指定してきた口座番号だ。

健治は数字を二桁ずつ語呂合わせで覚える癖がある。九年前もいつもの癖で、『鎖をゴムで橋につける』と語呂合わせをして覚えたので、間違いない。

そしてこの番号は先刻、男がインターネットバンキングを操作しながら口にしていた振込先の口座番号だ。あのとき、最後の数字を言い当てることができたのは、九年前の記憶が甦ったからだ。

(ちょっと待て)

ということは――。

「おまえは、吉村《よしむら》か」健治は思わず叫んだ。

男はおかしそうに笑いながら言った。「やっと、気づいたか。頭のいい兄貴にしちゃ、気づくのが遅かったな」

「おまえに兄と呼ばれる筋合いはない」

「それはねえだろ。俺たちはちゃんと血のつながった兄弟じゃねえか。それは兄貴もよく知っているくせによ。ひょっとすると、家族には何も喋っちゃいねえのか」

吉村が亮子たちを見た。亮子と秋生が怪訝な顔つきで健治と吉村を交互に見た。紗月は目を瞑り、眉根を寄せている。

「仲間から連絡が来るまで時間があるから、話してやるか。俺は健治の異父兄弟ってやつなんだよ」

男が得意げに話し出した。

45　亮子　午前零時四分

亮子は吉村の話をすぐには理解できなかった。もっとも、夫の生い立ちをそれほど詳しく知っているわけではない。

健治が四歳のときに両親が離婚し、父親が親権者となった。二年後に父親は再婚したのだが、継母には子供ができなかったので、健治は一人っ子として育った。

ここまでは義母から聞いていた。吉村が健治の異父弟というのなら、それはつまり——。亮子は驚愕を覚えながら吉村の口元を見た。

「俺のおふくろは芳江《よしえ》って言うんだ。こいつのおっ母でもある」

吉村がにやけながら話し出した。

健治の実母は離婚後に静岡で海藻問屋を営んでいた実家へ戻り、吉村という旧姓に戻った。そのとき芳江の母親はすでに他界しており、父親も一年半後に癌《がん》で亡くなった。長兄が会社を継いだ。姉は結婚して、ほかで家庭を持っていた。芳江は義姉と折り合いが悪く、実家を出ることになった。遺産相続は揉めに揉めた結果、家業を継ぐ兄が多く取り、残りを姉妹で分けた。そのときのしこりから、兄姉とは疎遠になった。

「おふくろの話だと、何年か暮らしていけるだけの金は手にしたらしい。そこまではまだ良かったんだ。この先が問題だ」吉村が勿体《もったい》をつけた口調で続けた。

実家を出てから一年後、持ち帰り弁当店チェーンのタカショクグループを経営していた実業家と再婚した。その後も店舗数は増えていき、事業は順調に見えた。しかし店舗を増やすことを最優先した経営方針だったために、借入金が膨れあがっていった。計画通りの売上や利益が出なくなると、急激に経営が悪化した。芳江の財産も事業に注《つ》ぎ込んだが、焼け石に水で、会社は持ち直すことなく倒産した。芳江の持ち分の株券も紙くずとなった。家屋敷も差し押さえられ、夫は芳江を残して自殺した。

「おふくろの運は、そのときで尽きちまった。そのあとは、語るも涙ってやつだ」

それまで仕事をした経験のない芳江だったが、働かざるを得なくなった。最初は知り合いの経営するレストランのマネージャーをしたりしていたのだが、うまく切り盛りできずに、より安易な仕事へと移っていった。水商売に身を投じてからは店の格も次第に落ちていき、ついには場末の店で働くようになり、その間、何人かの男と同棲《どうせい》をした。その頃に吉村が生まれた。父親が誰なのか定かではなかった。その後芳江はクスリを覚え、その金を作るために最後は身体を売るようになった。

吉村は中学を出て自動車の部品工場で働いたが、そこを二年足らずで辞めると、風俗店の店員を皮切りに水商売を転々とした。その間に知り合った暴力団の幹部に誘われて、三十歳になる直前に組員となった。その頃、芳江の戸籍謄本を取る機会があり、十一歳違いの異父兄がいることを知った。調べてみると、高級住宅街の大きな家に住んでいて、いかにも裕福そうだった。さらに調べると、経済産業省に勤めている国家公務員だとわかった。

「同じ腹から出てきて、一人は高級役人で、一人はヤクザだ。不公平だと思わねえか」

当時を思い出したのか、吉村が感情を露にして吠えるように言った。

吉村は健治に電話をかけて強請《ゆす》った。おまえを産んだ母親は、ずっと売春をやっていた。挙句の果てにクスリ漬けになっている。これを役所の人事に教えてやろうか。嫌なら金を出せと。

強請られていたことなど、亮子は少しも気づかなかった。話の内容からすれば、プライドの塊のような夫が、私なんかに打ち明けるはずはないとも思った。でもいつの頃の話だったのかしらと考えを巡らす。吉村が二十九歳頃のことなら十一歳違いの夫は四十歳。今から九年前になる。九年前と言えば――。

「兄貴は俺の言ったことを調べて、全部本当だとわかった。それなのに金を出すのは嫌だと断ってきやがった。確かに役所の中でそういう話がいくら広まっても、嘘だ、でたらめだと言ってりゃあ、そのうち収まるよな。俺にしたって何の得もねえ。そこで考えたわけよ」

言葉を切って、吉村が秋生に顔を向けた。

「おめえは、俺を覚えちゃいねえようだな」

「えっ」秋生が不意を突かれたように、吉村を見上げた。

46　秋生　午前零時三十二分

「あのとき、おめえは小学生だったな。学校の帰りに誘拐したのは俺だ。兄貴が金を出しやすくするためにな」

この男が誘拐犯だった？　秋生はどういう風に拉致されたのかとか、いつどのように解放されたのかを、ほとんど覚えていない。それでも、今日最初にこの男の声を聞いたときに不快感を覚えたのは、当時の記憶がうっすらと甦ってきたからなのか。

「三億はいけそうだなと睨んだ。だけどこいつは一億なら何とかなると言ってきやがった。子供の命を値切ったわけだ」

そうだ。この言葉だけは数少ない記憶の断片として残っている。

「どうだ、思い出したか」吉村が口元に笑いを浮かべながら秋生を見た。

九年前にこの男の顔を見たのかどうかは思い出せなかったが、この不快な声と嫌な言い方は、あのとき聞いたのかもしれなかった。

「こいつは」と、吉村が健治を顎で示して言う。「昔も今も、息子のことなんか考えてねえんだ。おめえも」と、秋生の方に顔を近づけた。「憎んでいるんだろう。早くやっちまいな」

秋生は吉村を見返す。同時に包丁を握る手に力が入った。

「あのときは、秋生を少しでも早く取り戻すのを優先させたんだ」健治が口を挟んだ。「値切ったわけじゃない。一番早く決着をつける条件を探したんだ」

「ほざけ。俺もおめえがいくら持っているかは知らなかったがな、少なくとも俺が要求した三億はあったろう」

「普通預金に入れていたのは、一億しかなかった。ほかは債権や投信とか株だ。現金化するのには時間がかかる。時間が経てば、おまえが秋生に何をするかわかったものではない。早く妥協点を探すしかなかった。一億ならすぐに用意できると言ったとき、何とかなるかもしれないという感触があったから」

「あんときは、早えとこ金を作らにゃならなかったんだ。まあどうせ、そのあとも金をむしり取ってやるつもりだったからな。とりあえず、それで手を打ったわけだ。長いこと金蔓になってもらわなきゃならねえから、ガキは解放してやったけどな」

「俺が解放されたあと、何で警察に届けなかったんだ?」秋生は健治に向かって聞いた。

「それはな」吉村が引きとった。「もし俺が捕まったら、どうなるよ。父親違いの弟の犯行となると、大きなニュースになるぜ。しかも被害者は経産省の役人だ。テレビのリポーターとかいう奴らが、おふくろのところに押しかけるわけだ。何せ犯人と被害者の親だからな。クスリ漬けで惚《ほう》けた姿がテレビに映る。この女がお偉い国家公務員様の母親だとなる。役所の中で噂になるのとはわけが違う。事件になって、世間で騒がれるのは耐えられなかったんじゃねえのか」

秋生は健治に目を向けた。父親は黙っていた。

（そういうことだったのか）秋生はやっと、誘拐事件を消化しきれた気分になった。

「じゃあ、あんたはそれからも金をせびっていたのか」

「言い方に気をつけろ。俺はおめえの叔父さんなんだぜ」

「反吐《へど》が出る」

吉村は「けっ」と吐き捨て、今度はにやついて言った。「俺の予定が狂ってな」

誘拐事件を起こしたあと、吉村はほかの組との抗争で、対抗組織の組長を襲撃するメンバーに入った。そのとき相手を撃ち、傷害罪で実刑判決を受けて収容されたため、強請りを繰り返すことができなかったという。例の、懲役八年で刑務所に入った話を、またも自慢げに語った。

「刑務所を出て、すぐに同じような事件を起こしたわけか」秋生は吐き捨てるように言った。

吉村は声を出さずに笑っている。馬鹿にしたような顔つきだった。

「で、失敗した。おまけに関係ない運転手を殺してしまった。間抜けだね」

秋生の挑発に、吉村は乗ってこなかった。相変わらず薄ら笑いを浮かべているだけだ。

「おい」と、吉村が笑みを消して言った。「それより、いつまでそいつを握っているつもりだ。早いとこ、親父をやっちまいな」

こいつは、と秋生は思った。恵まれた境遇で育った異父兄を、最も衝撃的な方法で殺したいのだ。つまり息子に殺されるという。

「やたらに、うちの家族のことを聞いてたのは、そういうことか」

「どういう意味だ」

「親父のことを嫌いなんだろうとか、しつこく聞いていたじゃないか。妹にもだ。金持ちの兄が、実は家族から嫌われて不幸なんだと思いたかったんだろう。馬鹿みたいだ」

「何だと」

「母親が同じってだけで、平等じゃなきゃおかしいと思ってんの？　血のつながりに何を期待してんの？」

「同じ腹から生まれてるんだぞ。ちょっと早いか、ちょっと遅いかで、この違いだ。そりゃおかしいと思わねえか。帳尻を合わせてもらわねえとな」

親ガチャに外れたという話をしたときに、当たりの奴には腹が立つと言っていたのはこのことだったのか。

「父親が違うんだからしようがないんじゃないの。血のつながりにそこまで固執するのがおかしいって言ってるんだよ」

「血のつながりは切っても切れねえもんだからな。拘るしかねえんだよ。おめえこそ、血のつながりに固執しているくせに」

「そんなのどうだっていいと思っているさ」

「逆だな。おめえは血にしがみついているんだよ。だから親父を殺そうなんて考えたんだろうが。こいつが」と、吉村が健治を指差して言った。「赤の他人だったら、殺そうと思ったか？　どうだ」

思うわけがない、と秋生は心の中で返した。他人はここまで干渉してこない。何かして欲しいと期待したこともない。

「おめえは家を出ようと思ったことはあるのか？　ねえだろうな。自分で稼ごうなんて思っちゃいねえ。俺はおめえの年には自分で稼いでたぜ。おめえにはそんな気がねえから、家を出なかった。

家にいりゃあ、食うのに困らねえからな。で、親と一緒に住んでりゃ、ああせえこうせえって言われて頭にくる。要するにおめえのは甘えだ。親に、黙って何にも言わずに、養ってくれって思ってんだよ。そう言うのを、甘えん坊ってんだ。贅沢もんが。おめえが親父を恨んでるなんてえのは、屁みてえなもんなんだよ」

「あんたに言われたくないね」単にああしろ、こうしろじゃない。追い詰められた者の気持ちがわかるか。

「家を出りゃ良かったんだよ。そうすりゃ、何にも言われねえ。殺す気もなくなったかもな。その点、妹は偉いぜ。家出しようとしたんだからな」

家出か。秋生は意表を突かれた思いがした。なぜ、そのことを考えなかったのだろうか。

「秋生」健治が唐突に呼びかけてきた。「Ｈｏｗが目的になっているぞ」

「えっ」

何だよ突然、と思ったときに、「目的とＷｈａｔを混同するな、Ｈｏｗを目的にするな」という言葉が脳裏に浮かんできた。中学時代に父親から何度も言われた言葉だった。

父が、何度言ったらわかるんだ、とでも言いたげな顔をしている。この人はこんなときでも間違いを指摘するのかと呆れた。だがどういうわけか、その言葉がすんなりと腹に落ちた。

殺害計画を立てるときに、目的を〝父親を殺す〟にしたが、それは間違いだった。本当は自分の進路は自分で決めるとか、父親に干渉されずに安定した気持ちで日々の生活を送ることが目的だったのだ。そのために一番大きな阻害要因である父親を消そうとした。しかしそれは手段（Ｈｏｗ）に過ぎなかったわけだ。

別の言葉も頭の中に浮かぶ。「目的は動かない。5W1Hは柔軟に動かせる。最初から一つに決めないでいろいろ考えて、最善策を探せ」とも言われていた。

(俺は中途半端な奴だな)

「だけどよ、おめえの気持ちもわかるぜ。おめえは親父に馬鹿呼ばわりされてたんだろ」吉村が健治を見た。「兄貴よう、馬鹿を馬鹿呼ばわりするのはよくねえぞ。馬鹿は馬鹿なりに傷つくんだよ」

「馬鹿にしたわけじゃない」健治がしかめ面になって言った。「子供が自立したときに、よりよい暮らしができるようにしてやるのが親の務めだ。そのためには叱りもする。当たり前だ」

「俺にはガキがいねえから、よくわからねえけどよ。馬鹿呼ばわりしているときは、本当に馬鹿にしてたんじゃねえのか。おめえはそういう奴だよ。九年前に金の交渉をしているときもな、俺を知恵の回らねえ男だと思ってただろう。人を馬鹿にして生きてきた奴だと、すぐにわかったぜ。言葉は下手に出ていたが、こいつなら簡単に説得できると思ってるのが、ありありだった。子供を取られているってのに、偉そうな態度だったよな」

吉村が秋生の背後に回りながら喋り続ける。秋生は健治を見た。ほぼ仰向けの状態になり、瞳の動きで吉村と秋生を交互に見ているのがわかった。

「金のこともそうだ。一億くれてやるんだから、ありがたく受けとって、それで手を打てって感じだったな。最初から落としどころを一億と決めてたんだろう。それ以上出すくらいなら子供が死んでもいいと思ってたんじゃねえのか。俺も急いでたし、一度で終わりにするつもりもなかったんで、まあ、妥協したんだが。息子の命はほんとに危ねえとこだったんだぜ」

「すぐに引き出せるのが、それだけだったんだ」健治が言った。

「いいや、そうじゃねえな。子供の命と金を天秤にかけたんだ。金はあっても、それ以上は使う気はなかった」

「普通の誘拐事件じゃなかった。おまえは、自分が誘拐したと名乗ってきた。それなら、殺人までは犯さないだろうと判断できる」

「ほらな」吉村が秋生の横に来て言った。「俺が子供に手を出さねえって？　そんなのは、何の保証もねえことだ。俺がその気になりゃ、傷をつけることぐらい簡単にできたんだぜ。耳を削《そ》いで送りつけるとかな」

「だから、怒らせないように交渉しただろう」健治の語気も強くなる。

「いや、そんなことはなかったな。やっちまおうと思ったんだ。一度じゃねえぞ。二度三度思ったね。でもな、たった一人の甥《おい》っ子だから、ぐっと我慢してやったんだよ。なっ」吉村が秋生に顔を近づける。「おめえの命はそんな程度だったんだ。今でも、馬鹿息子なんか、あのとき死んでしまえばよかったって思ってるに違いねえんだ」

秋生は手にしている包丁を見た。

「何を躊躇《ためら》ってるんだ。やれよ」吉村が背後に回ってきてけしかける。

（俺もこうなんだ）

吉村を見ていると、自分もこんな奴と一緒なのかと、自己嫌悪が募ってきた。親ガチャに外れたのは一緒だと思っていたが、吉村の言い草は自分勝手だし、執拗に異父兄を貶《おとし》めようとしているのは醜いだけだ。

（短絡的なんだよ）

手段を目的だと思ってしまったのもそうだ。いろいろな手段が考えられたのに、考えることすら放棄していた。

「おめえは臆病もんじゃねえよな。やってやると吠えるだけで、何もしねえ奴がいるんだよ。言うだけで満足しちまう奴が。おめえは違うだろ」

(違わないかもしれない)

漠然とでも父親を殺そうと思ったときから、父を恐いと思わなくなった。それまでは、自分の心がいつ爆発するかわからないような状態だった。つまり、殺そうと思ったり、殺害計画を立てたりしたのは、衝動的に行動するのを避けるためだったのかもしれないのだ。その結果、面と向かって反抗できるようになった。

(これも自己防衛かよ)

殺してやると思ったことで、自分が優位に立ったと思い込んだ。いや、思い込みたかっただけか。

(つまんねえ男)自分に唾したい気分だった。

でもそれで、ようやく言い争いができた。昨夜はお互いに最悪の気分になり、暴力を振るったが、本音で言葉をぶつけあったのはあれが初めてだった気がする。

「ほら、早くやれよ」吉村が拳銃を持ちあげた。

秋生は吉村の声で我に返り、父親を見る。健治は眉間に皺《しわ》を寄せて目を閉じている。よく見ると上半身がわずかに揺れている。苦悶《くもん》の表情のようにも、無理な体勢で何かをしているようにも見えた。

健治の身じろぎが止まり、目が開いた。秋生に視線を当てる。今までと表情が違って見えた。すぐに目を吉村の方へ向けた。

「ひょっとして、全部計画通りだったのか」健治が独り言のように言った。

「さすがだな、兄貴」

吉村が感心したような表情を浮かべた。

47　勇樹　午前零時五十三分

（んもう）一階から男がずっと話しているのが聞こえ、勇樹は腹を立てていた。男が父親の側にいたのでは、せっかくのカッターナイフが使えない。どうにかして男を父親から離さなければならなかった。

二階で音を立ててしまったときに、男は階段をあがってきた。だからまた音を立てれば、男が二階に来て、その間に父親がカッターでガムテープを切ることができるかもしれない。

（ぼくが音を立てるでしょう。ドロボーが二階にあがってくる、つかまっちゃう、一階につれていかれる……）頭の中で時間の経過を予想しようとしたが、うまくいかない。父親がガムテープを切るのに必要な時間もわからない。

それなら男が簡単には二階へあがってこられないようにして、自分がなかなか捕まらないようにして、男が簡単に一階におりられないようにしてと、時間稼ぎができる場面を考えてみた。

（ドロボーが二階にやってくるのをじゃますればいいんだよね）

忍者は逃げるときに煙を出したり、足に刺さると痛いものをまいたりする。バナナの皮を床に置いて滑らすのもあるけど、そんなものはないし、と連想していく。滑って二階になかなかあがってこられないようにするには――。油は滑るけど二階にはない。

（ボール）

アニメでよく見る光景が頭に浮かぶ。大量のボールの上で足を取られて転ぶ場面は何度も見たことがある。スーパーボールやビー玉なら二階にたくさんある。それらが階段いっぱいにあるところを想像する。絶対に速くはあがってこられないと思った。

じゃあどうすれば、階段がスーパーボールやビー玉でいっぱいになるんだろう？　また考えなければならないけれど、もう考えるのは嫌でなくなった。

いっぱいをいっぺんに落とす――という言葉を繰り返し思い浮かべる。

想像の中で、大男が階段に足をかける。あがり始めると、そこへ大量のボールが落ちてきて、足を取られて転んでしまう。

いっぺんにスーパーボールやビー玉を転がすためには、階段の上にそれらを大量に用意しておかなければならない。手に持ったり腕に抱えたりする程度では足りない。ということは箱に入れておくんだ、と発想がつながっていく。

（大きな箱はさっき見た）

両親の寝室に行き、ウォークインクローゼットに入った。大きな箱とはプラスチックの衣装ケースのことだったが、実際に見てみると、こんなに深いケースではひっくり返すのも大変だし、簡単にはボールが出ていかないと思った。

（ふたでいいや）

衣装ケースの蓋の縁は少し立ちあがっていて、小さいボールならこぼれることはない。それに蓋全体に溝のような凹凸がついていて、ボールを並べるのに都合が良さそうだった。

勇樹は蓋を持って階段まで行き、下り口に沿って置いた。

今度は父親の書斎に入り、新品のゴルフボールが入った箱を三つ抱えて階段まで運んだ。箱を開けるとそれぞれに十二個入っていた。合計三十六個を衣装ケースの蓋に並べた。

並べ終えると、すぐに自分の部屋へ行く。スーパーボールが入ったプラスチックケースを棚から下ろす。いろいろなサイズのものが二十個ほど入っているのをケースごと抱えて階段へ運ぶ。自室に引き返し、机の下からビー玉が入ったプラスチックのバケツを引き出す。パチンコで使ったので減っているが、それでも四十個ぐらいは残っている。ビー玉はぶつかると音がするので、慎重に持ちあげてそっと運ぶ。

衣装ケースの蓋に並んでいるゴルフボールの後ろにスーパーボールを置いていく。問題はビー玉だった。音がしないように並べるのは難しい。先に衣装ケースの蓋をひっくり返してゴルフボールとスーパーボールを転がし、そのあとすぐにビー玉のバケツを引っくり返すことにした。

階段の下り口に立って、これからやることを頭の中で予行演習してみる。勇樹は腕組みをして深く頷いた。

48　健治　午前一時七分

健治は妙だと思っていた。吉村が、本来の標的を外した上に関係のない運転手を殺してしまったことを、秋生に間抜けだと面罵されたときのことだ。吉村の性格なら、自分の失敗をあからさまに馬鹿にされれば怒りだすだろう。それが鼻先で笑っただけだった。

(秋生の指摘はまったくの的外れだったのか？)そんな疑問が湧いてきたのだ。

そうなると、襲撃は失敗ではなかったということになる。失敗でないとしたら、吉村の本当の狙いは運転手だったのか？

テレビのニュース画面を頭の中で再生してみる。死亡した運転手の名は、高橋靖夫さん(46)と表示されていた。

(そうか、高橋と言えば……)

先刻、吉村が実母の再婚相手が経営する弁当チェーンの屋号がタカショクだと言っていたが、もともとは高橋食品という名前だったはずだ。九年前に吉村の強請《ゆすり》を受けたときに、母親の戸籍を詳しく調べた。そのときの記憶を辿る。再婚相手が高橋靖太郎《やすたろう》という名だった。高橋食品という会社を興し、その後持ち帰り弁当チェーンを展開するときにタカショクという屋号に変えた。

芳江は離婚後に実家の籍に戻り、旧姓の吉村姓になった。再婚後は高橋の戸籍に入った。靖太郎には連れ子がいて、芳江はその子供と養子縁組をして名実ともに親子となった。

(そうだ、連れ子の名前が靖夫だった)

再婚相手と死別したあと、芳江は復氏届を出し、新しい戸籍を作ってまた吉村姓に戻っている。靖夫はもともと高橋姓で生まれているからなのか、高橋の戸籍に留まった。当時の芳江には、靖夫を育てる気がなかったのかもしれない。実際にその後は亡父の親戚が、五歳だった靖夫の面倒を見たようだ。だから芳江と靖夫は別々に暮らすことになったのだが、戸籍上の養子縁組はそのまま手つかずで残っていたのだ。

三年後に吉村が生まれ、非嫡出子として芳江の戸籍に入った。この頃はすでに靖夫は亡父の親戚のもとにいて、吉村母子《おやこ》とは接触がなかったはずだ。ただ戸籍上、吉村と高橋靖夫はともに芳江の息子という共通点が存在していた。

吉村はなぜ靖夫の命を奪ったのか？　二人の接点は同じ母親を持つということしかないのだから、理由もそこにあるはずだ。

一般には戸籍上の兄弟の存在が邪魔になるのは相続のときだ。母親が財産を持っていれば、養子縁組をしている子供は実子と同じ相続権を持つから、遺産を半分ずつ分け合うことになる。兄が亡くなっていても兄に子がいる場合は、子（つまり孫）が代襲《だいしゅう》相続するので弟の取り分は半分のまだ。もし兄に子がいなければ弟が独り占めできる。

先刻のニュースで、高橋靖夫はこれまで家庭に縁がなかったが近く結婚できるようになったと、親戚の男性が言っていたではないか。もし吉村と靖夫の間に相続問題があれば、一方の死はもう一方の相続権の独占につながるケースだ。

しかしそれはあくまでも母親に財産があればの話だ。実際は芳江に財産と呼べるものは何もない。

（今はない。だが……。もし近い将来に財産を手にすることがわかっていれば、吉村が靖夫を殺す理由になる）

恐ろしい発想が閃《ひらめ》き、健治は身震いした。（だから吉村は、この家に押し入ってきたのか）

「ひょっとして、全部計画通りだったのか」健治は思わず、今考えたことを口にした。

「さすがだな、兄貴」

吉村が感心したような表情を浮かべた。

やはり、そうだったのか。

「今日、おまえが狙ったのは、会長ではなく、運転手の方だったんだな?」

「そこに気づいたか」

「母には、おまえのほかにもう一人子供がいたわけだ。実子ではないが、養子縁組をした子供が。再婚相手の高橋靖太郎の連れ子だ。おまえが射殺した高橋靖夫だ」

「そうだ」

「おまえはこう考えたんだ。私たち一家を皆殺しにすれば、私の財産は実母に全額行く。やがて母が亡くなれば、おまえがその遺産を独り占めできる。亡くならなくても、認知症が進んだ母を自由にできると思ったんだろう。そのために高橋靖夫を消した」

「その通りだよ」

故人の財産は配偶者と子供が相続する。もし配偶者も子供もいなければ、次の相続順位は親になる。健治の場合、父親と継母は亡くなっているが、実母は生きている。つまり健治の配偶者と子供が全員死んでしまえば、健治の財産は実母が相続することになるのだ。

「そういうことだったのか。で、母親は生きているのか?」

健治は、九年前に吉村が抗争事件で懲役刑になったのを知り、実母を老人ホームに移した。認知症が進んでいて、本人はなぜ転居するのか理解していなかったが、それまでよりも格段によい生活ができるので不満はないようだった。

もし吉村が出所後に強請ってきたら、今度は事件にしてもいいと思っていた。実母の存在が報道されたとしても、安アパートで惨めな姿が晒されるのではなく、高級老人ホームで優雅な生活を送っている姿なら印象はまったく違う。

しかも念のため、吉村が出所後に母親の行方を追えないように、細心の注意を払って入居手続きをした。

「生きているさ。それは兄貴がよく知っているじゃねえか。あんな結構なところに住まわせてくれてありがとよ」

(知られていたのか。どうやって調べたんだ?)

「そうか。で、仕上げはうちの家族を皆殺しにすることだったんだな」

「そういうことだ」

「ところが、下の子がいないので計画が狂った。私の子供が一人でも生きていれば、遺産はその子に全額行って、母には一円も行かないからな。だから下の子が見つかるまで我々を殺さなかった」

吉村がゆっくりと拍手をした。「やっぱり、あんたは頭がいいんだな」

秋生が半ば放心したような顔をしていた。

「下の子が見つかっていないのに、なぜ息子に私を殺させようとしたんだ?」

「おまえが息子に殺されるところを見たくなったんだよ。遅かれ早かれ皆殺しにするんだが、おまえだけは普通に殺したくなかったんだよ」

「馬鹿だな」

「何だと」吉村がいきり立った。

「私が先に死ねば、遺産は家内と子供たちに行ってしまう。その時点で、おまえの母親は相続権がなくなるんだ」

「でたらめを言うな」

「私が法学部を出ているのは知っているんだろう。理屈に合っているのはわかるはずだ」

「くそっ」

子供が相続してから死んだ場合、自分に子供がいなければ両親に遺産は行く。両親が死亡していた場合、祖父母が代襲することになる。だから健治が家族より先に死んだ場合でも、その後に配偶者と子供が死ねば、子供が相続した分は祖母に当たる実母が代襲する可能性は残っている。しかし吉村にはそこまでの知識はないようだ。するとこの計画は誰かの入れ知恵なのかもしれないと、健治はふと思った。

「で、どうするつもりなんだ。下の子はいないんだぞ。ここで皆殺しにしてもおまえには何のメリットもない。ただ罪状が増えるだけだぞ」

「うるせえ。今、仲間が大磯に行って、ガキがいるか確認している」

大磯？　そうか、勇樹は祖父母のところに行っていると、亮子が嘘を言ったのか。健治は事態を理解した。

「何をしようとしているの？」亮子が叫んだ。「私の両親にまで危害を加えようとしているんじゃないでしょうね？」

「喚くんじゃねえ。見てくるって言ってたんだ。殺しゃあしねえだろうよ」

「大丈夫だ。この上亮子の親にまで何かあったら、真っ先に血縁者が疑われる。そうなったら、犯人は吉村しかいないのは警察にもわかるからな」

勇樹の所在がわかるまでは、この家族の命がつながっているということになる。

だが猶予はない。今の吉村は、銀行振込をさせたときのような余裕は見られない。あの時点では仲間から勇樹を確保したという連絡を期待していたのだろう。ところが仲間が何も言ってこないので、さっきは自分の方から電話していた。そこで勇樹が大磯にいる確証を得られなかったので焦っているのだ。秋生に父親を殺させようとするなど、行動に一貫性がなくなってきている。この先の行動が読めなかった。

ここは何とか時間稼ぎをしなくてはならない。すでに警察が動いているのかどうか不明だが、時間が経てばそれだけ菜緒がメールを見て警察に通報する可能性も高まる。

「しかし同じ日に共通の母親を持った人間が死んだら、警察は裏に何かあると勘づくんじゃないか」健治は言葉をつないだ。

「本当は、日にちを置くつもりだった。ところが車で逃げるときに事故ってな。警戒線を避けていたらこの近所まで来た。で、計画を少し早めたってわけだ。二つの事件は所轄が違う。向こうの事件は、狙われたのが会長だと思い込んでいるさ。誰も結びつけたりしねえよ」

語尾が弱く聞こえた。自分自身を納得させるような言い方だった。

「もともと運転手を狙ったのではないと思わせるために、わざわざ会長の自宅で襲撃したのだろう？　運転手が一人でいるときに襲うより、何倍もリスクがあるじゃないか。そこまでして犯行の目的を隠したかったのに、同じ日に二件の殺人事件を起こしたら水の泡じゃないか。いくら所轄が違うと言っても、警察は必ず関係を疑うぞ。そうなれば、おまえは真っ先に疑われる」

「うるせえんだよ」

吉村が苛立った様子で吠えた。何かおかしい。警察署の所轄が違うから大丈夫などと、すべてを自分に都合よく解釈しているところは、誰かにそう説得されたのではないかと疑いたくなる。そもそも、相続の仕組みを利用するような犯行計画を、この男が考え出せるのだろうか。

「どっちみち、おめえらは俺の面を見ているから、殺すしかねえんだよ。ガキのことは後回しだ。先におめえらを片づけてやる」吉村が自棄になったように叫んだ。

「仲間から連絡はないのか？」

これまで話しかけるタイミングで身体を動かし、手首のガムテープをカッターナイフで少しずつ切ってきた。あと少しで全部を切ることができる。

吉村が何も言わずに、苦い顔をした。

「子供の居場所がわからないうちに私らを殺せば、おまえは無駄な殺人を犯すんだぞ。何も得られずに死刑になる罪を背負うことになる」

「だから、俺は捕まりはしねえんだと言ってんだよ。ここに強盗が入って一家皆殺しにあった。それだけだ」吉村がそう言いながらキッチンへ行き、包丁を持ってきた。「さてと、苦しそうだから娘からいくか」

「やめて」亮子が叫んだ。

「うるせえ、黙ってろ。それとも、おめえからやるか」

「娘はやめて。私から殺しなさい」

「うるせえから、そうしてやるよ」吉村が亮子に向き直った。

その隙に、健治は手首のガムテープを切り終えた。

「おい」と、健治は精一杯の声を出した。「さっきメールで助けを呼んだ。今頃この家を警察が包囲しているぞ。おまえは逃げられない。無駄な殺しはやめた方がいい」

「何だと」吉村が振り向く。「どこでメールを打ったってんだ。嘘をつくんじゃねえ」

「嘘だと思ったら、パソコンで確認してみろ。おまえがパソコンを見ていない隙に送ったんだ」

吉村が眉間に皺を寄せた。動揺している。

「殺したのが一人なら重くても無期だ。有期刑もある。五人殺したら百パーセント死刑だぞ」健治は畳みかけてから言い添えた。「パソコンを寄越《よ》せ。メールを出してやるよ」

「馬鹿言うな。おめえ、何か企《たくら》んでやがるな」

吉村が自分でパソコンを手にとって画面を眺めた。指がキーに触れ、スリープモードが解除されて画面が明るくなった。インターネットのブラウザが前面に出ていて、最後に送金した銀行のページが出たままになっていた。

「どうすりゃ、メールが出てくるんだ」吉村が怒鳴る。焦りが声に出ていた。

「息子にパソコンを渡して、出してもらったらどうだ」

健治は両手が使える状態の秋生を見て言った。

「よし、やれ」吉村がパソコンを秋生の方に押しやった。秋生の手に包丁があるので、まだ近づけないのだ。

秋生が手を伸ばしてパソコンを引き寄せる。

「今出ているタブの隣にメールのタブがあるはずだ」

健治の言葉に秋生が頷き、右手だけでタッチパッドを操作した。

「出たよ」

「こっちに寄越せ」

秋生がパソコンを向けて押しやる。

「くそっ」画面を覗き込んだ吉村が唸り声をあげた。「おい、これは途中で切れてんじゃねえか」

「それで、じゅうぶんだろ。警察に連絡してくれというのは伝わっているはずだ。さっきの電話は警察が様子を探りにかけてきたんじゃないか。それに出前キングとかいう配達員も来た。あれは間違いなく警察だろう」

明らかに吉村の落ち着きがなくなった。思い留まらせるには、もう一押しか。

無期を逃れるには自首しかないぞ、と健治が言おうとしたとき、それを押しとどめるようにインターフォンのチャイムが鳴った。健治は反射的に壁掛け時計を見た。午前一時半近い。いよいよ警察が動き出したのだと思った。

吉村がモニターを覗き込み、無言で門扉の解錠ボタンを押した。続けてその隣のボタンを押すと、玄関でドアの鍵が開くモーター音がした。

(どういうことだ)吉村が簡単に解錠する意味がわからなかった。

玄関ドアが開く音。

「何だ急に」吉村が廊下に向けて声をかけた。「来るんだったら、先に電話しろよ」

(吉村の仲間が来たのか)健治は唇を強く噛んだ。

「予定が狂っちゃったからね」

聞き覚えのある女の声がした。

（まさか。あり得ない）今度は健治が動揺する番だった。

声の主が入り口から姿を現した。

（何で菜緒が……）

健治が「どういう――」ことだと問いかけようとしたとき、吉村の声が重なった。

「警察はいなかったか？　家の周りに」

「全然。どうして？」

「こいつが」と、吉村が拳銃を健治に向けた。「警察を呼ぶようにメールを送りやがったんだ」

菜緒が笑いながら、「私にね」と言った。

「何だと」

「メールの宛先が私だったの。だから警察は来ていない。それより、下の子は大磯にいなかったわよ」

「本当か？」

「間違いない。こっちにいるんじゃないの」

「家中、探した」

「どこかに見落としがあるのよ」

「だいたい、おめえが今日やれって言ったんだぞ。車が事故ったから迎えに来てくれって頼んだときに、合田の方も今日がチャンスだからやってしまえって。だったら、おめえが子供のことも確認しとけって話だ」

やはりそうだと、健治は思った。吉村の行動はすべて誰かにそそのかされたものだったのだ。その誰かが菜緒だとは思いもよらなかったが。

「まあ、いいわ。それでちょっと話があるの。こっちに来て」

菜緒が手招きして、廊下に消えた。

健治の知っている菜緒ではなかった。かいがいしく世話を焼いてくれたのは何だったのだろうか。すべてが嘘だったのか。

吉村がため息をつきながら、拳銃を右手にぶらさげて廊下へ出ていった。

直後に機械音と呻き声がした。吉村の脚が見えた。横転したようだ。

秋生が持っている包丁で足首に巻かれているガムテープを切り始めた。

(何をしている？　そうか)

気が動転して自分たちがどういう状況かを忘れていた。自分も束縛を解かなければ、というところまで頭が回ってきたときに、知らない男が、後ろ手と両足を布で縛られた吉村を引きずって室内に入って来た。空いている手にスタンガンらしいものが握られていた。そのあとから菜緒が入ってきた。拳銃を汚いものでも摘まむようにして、連れの男に渡す。男は使い方を確認するように拳銃を両手でこねくり回している。二人とも吉村と同様に薄いビニール手袋をしていた。

「今ごろ全部片がついているはずだったのに。ねえ、勇樹って子はどこにいるの？」

亮子のところにしゃがみ込んで言った。

「私の母のところに行ってます」

「嘘だね。家を覗いてきたのよ。ばあさん一人だったわよ。どこにいるの？」

「知りません」亮子が叫ぶ。

「相続の仕組みを吉村に吹き込んだのは、おまえだったのか」健治は菜緒に向かって言った。

「そうよ。九年前の誘拐事件のことを話してくれたでしょう。それで吉村のことを知った。使えると思ったわけよ。出所の情報は大学の同級生から聞き出した。この人が出所してすぐに会いにいったわ。母親が、異父兄の遺産を相続できるかもって話したら、飛びついてきた。この土地も売ったら十億以上になるでしょう。総資産は二十億以上。私は二割もらえればいいと言った」

「何て奴だ」健治は吐き捨てるように言った。「これまで健気《けなげ》に尽くしていたのは演技だったわけか」

「演技じゃないわよ。仕事、ビジネスよ。あなたからお金を頂くためのね。あなたのような人を本気で好きになる女がいると思うの？　お金にしか見えなかったわ。最後に退職金をもらって、それでお終いにしようと思ったの。さ、早いとこ始末しましょ」

菜緒が連れの男に言った。

男が拳銃を腰のベルトに挟み、廊下からポリタンクを持ってきて、吉村の身体に液体をかけた。匂いから灯油だとわかる。

「おい、待て」身体が動かせるようになった吉村が怒鳴った。「まさか、俺を燃やそうってわけじゃねえだろうな」

「そのまさかよ」菜緒が笑いながら言った。

「俺が死んだら、遺産の分け前をもらえねえだろうが。馬鹿か」

「馬鹿はあんた。この人がメールを送れる隙を作るなんて役立たずもいいとこ。私は最悪、半分でいいことにしたのよ。勇樹がいても半分はもらえるからね。あんた、と言うか、あんたの母親には最初から相続権はなかったのよ」

「どういうことだ」

「ねえ、奥さん」菜緒は亮子に語りかけるように言った。「私はあなたの旦那さんの子供を身籠っているの。そして旦那さんは認知もしてくれた」

「おい、認知なんてしていないぞ」

健治は声を荒らげた。同時に、やられたとも思った。胎児を認知することはできるし、認知された胎児は生まれればその時点で相続権を持つ。胎児認知届は書類や必要な証明書が揃っていれば、母親が提出できる。菜緒なら、簡単にできてしまう。

「書類は全部私が書いたわ。あなたの身分証明書を持ち出すチャンスが何度もあったのは、わかるでしょう？　印鑑も。で、あなたの手を煩わせなくても手続きができてしまうのも、わかるわよね」

健治は歯噛みするしかなかった。妊娠しているのは本当だろう。最近食事の好みが変わるなど、その兆候はあったのだ。腹の子も、連れの男の子供なのだろう。生まれてからＤＮＡ鑑定をするわけではない。健治は生まれて初めて自分の愚かさを認めた。

菜緒が吉村に向き直った。「あんたがここの一家を皆殺しにしても、私のお腹には相続権のある子供がいるの。被相続人の子供が相続権の第一順位。子供がいる限り、親にも祖父母にも相続権は行かない。だから、あんたのお母さんに相続権が渡ることはなかったのよ」

「騙しやがったのか」

「あんたは一家殺しをする役目。そして犯人役を務めてもらって、事件に決着をつけてもらうの。

被疑者死亡のまま書類送検。不起訴処分というケースね」

同じ日に高橋靖夫と合田健治が殺され、靖夫にとっての継母、健治にとっての実母が同じ女性だとわかったら、もう一人の戸籍上の兄弟である吉村に疑いの目が行く。菜緒にとってそれはどうでもいいことだったのだ。いずれにしても、最後に吉村を始末する計画だったに違いない。

「胎児認知を利用するのなら」と、健治は菜緒に向かって言った。「高橋って運転手を殺す必要はなかったんじゃないか」

「最初の計画では、入ってなかったわよ。それは、この人が」菜緒が吉村を顎で指して言う。「おふくろにはもう一人子供がいるんだって言うからよ。金を独り占めしたいもんだから、そっちも殺すって言い出した。同じ母親を持つ人間が続けて死んだら、警察は相続が絡んでいると疑うわよ。だから苦肉の策で、犯行動機をわからなくさせるために会長の自宅で襲撃することにしたの。私にとっては余計なことだから、本当はやりたくなかったんだけど、この人がやるって聞かなかったからしようがなく」

「ここで私たちを殺せば、やはり同じ日に同じ母親を持つ二人が死ぬことになる。警察に二つの事件が関連しているとヒントを与えるようなものじゃないか。それがわかっていながら、なぜおまえは吉村に今日やるように言ったんだ?」

「事故を起こして車を警察に押さえられたからよ。あれは盗難車でナンバーも変えていたけど車自体を調べられたら、いろんなことがわかってしまう。車は用済みになったらスクラップにしないと意味がないのよ。あれは吉村が盗んできたものだから、指紋がどこかに残っている可能性もあるわ。この人は前科もんだから、警察に目をつけられるのは時間の問題なのよ。あなたたち家族をやる前に吉村が逮捕されたら意味がないから、急がせる必要があったわけ」

「吉村は、私たち一家を殺害する道具だったわけだ。で、最後は吉村を消すつもりだったんだな」

「そういうこと。どのみち、それはやらなければならなかった。もう、高橋を撃ったのも、ここの一家皆殺しの犯人も同一人物だとわかってもいい。吉村は合田家の遺産の相続を独り占めしようとして異父兄を二人殺したのだけど、自分も誤って油を被って焼死してしまった。そういうストーリーになるわね。手と足を縛っている布は燃えやすいから」菜緒が吉村を覗き込むようにして言った。「あんたが拘束されていた痕跡は残らない。プランBというわけ。私は日が経ってから、実は認知された子供がいますと、名乗り出るわ。勇樹という子と半分こだけど、それで満足してあげる」

菜緒が憐《あわ》れむような表情を作って皆を見回した。

「悪党め」吉村が声を絞り出した。

「お互い様よ。さ、皆さんには焼け死んでもらいましょ」

最後の方は連れの男に向かって言った。男がポリタンクを持つ。

49　秋生　午前一時三十五分

秋生の頭の中は、混乱状態から少し落ち着いてきた。愛人に騙されていた父親が、とんでもなく間抜けに見えた。それにしても、したたかな女だ。夕方、母親の外出中に公衆電話から二度電話があったが、あれはこの女が在宅確認をしていたのではないか。留守とわかり、吉村に待ち伏せを指示したのだろう。

秋生は新たな闖入者《ちんにゅうしゃ》を見た。男の方がポリタンクを持ちあげていた。拳銃は腰のベルトに差している。今なら父と二人で同時に向かっていけば、女と連れの男を倒せるのではないか。

秋生は合図を送るために父親を見た。だが父親は気が抜けたような顔で女に視線を向けている。

（こっちを見ろよ）

吉村に散々痛めつけられたボロボロの身体の二人だが、力を合わせれば何とか対抗できそうだ。一人では太刀打ちできない。

（父さん）秋生は足先を伸ばして、父親の腰のあたりをつつこうとした。足首の拘束が解けているのがわかってしまうが、それに気づかれたら、そのときは立ちあがって男の拳銃を奪い取るだけだと思った。

足先が父親に届く寸前、ポリタンクを持った男が秋生の動きに気づいた。

男がポリタンクを置いて秋生の方へ一歩踏み出した途端に呻いた。顔を歪め、鎖骨のあたりを手で押さえながら上を向く。

秋生もその視線を追った。二階の手摺から身を乗り出して、勇樹がスリングショットのようなものを構えていた。すぐにもう一発飛んできて、男の胸に当たった。結構な威力があるらしく、男から呻き声が洩れた。

「捕まえて」女が叫んだ。

男が廊下へ出ていった。

秋生は起きあがった。痛めつけられ、包丁で刺された腿に痛みが走り、力が入らずその場に崩れる。

目の前で健治が上体を起こし、カッターナイフで足首のガムテープを切ろうとしている。

女が気づき、健治の背中に飛びつき、ナイフを奪おうとする。

秋生は咆哮《ほうこう》して床に手を突き、身体を支えながら立ちあがろうとした。しかし思った以上に脚がダメージを受けていた。動かない、力が入らない。意思の通りに動いてくれない。

50　勇樹　午前一時四十五分

勇樹は階段の上で、衣装ケースの蓋の縁に手をかけて待っていた。ドロボーの仲間が来たみたいだったけれど、どうなったのかよくわからなかった。今は自分が時間を稼いでいるうちに、父親が自由に動けるようになってドロボーたちをやっつけてくれると、それだけを信じていた。

階段の下で、男の唸り声がした。下を覗くと、太く大きな手が見えた。

(今だ)衣装ケースの蓋の縁を思いきり持ちあげた。手前のスーパーボールから落ちていった。向こう側の縁でゴルフボールが止まっている。両腕を蓋の下に差し入れて、蓋ごと階段にひっくり返した。すぐにビー玉の入ったバケツをひっくり返す。スーパーボール、ゴルフボール、ビー玉が交じり合って階段を転がり落ちていった。

勇樹はボールの行方を確認することなく、すぐにその場を離れ、書斎の開かれたドアの陰に隠れた。

男が「ちくしょう」と言いながら、階段をあがってきた。思った通り、時間がかかっている。おりるときはもっと大変だよと思った。

男が階段をあがりきった気配がした。途端に足音が速くなった。奥まで走り、ドアが開けっぱなしになっている秋生と紗月の部屋を見たようだった。すぐに戻ってきて、ドアを開ける音がした。隣の両親の寝室だった。壁越しに、男が部屋に入ったのがわかった。勇樹は書斎のドアの陰からそっと出た。

階段の下り口に立つ。階段にはボールやビー玉が散乱しているので、手摺に乗った。そのまま手摺を滑り台にしておりる。母親に何度も叱られた遊びだった。踊り場で一回止まり、装飾を施した支柱を乗り越えて、再び手摺の上を滑った。

一階に着くとリビングに入った。

51　秋生　午前一時五十分

秋生は膝を手で押さえつけながら、無理やり腕の力で立ちあがった。上半身しか使えない健治は女に覆いかぶさられて、劣勢になっていた。

秋生は刺された脚を引きずり、女の背後に回った。徐々に力が甦ってきた。

女の肩に手をかける。女が振り払うように肩を揺すったが離さなかった。両肩を摑み、引き倒した。仰向けになった女を押さえ込む。

健治が足首のガムテープを切り、立ちあがる。

そこへ勇樹がリビングに入ってきた。秋生は「勇樹は早く外に出て、助けを呼べ」と叫んだ。

「そっちは油だ。勝手口から出ろ」と健治が叫んで勇樹の身体をキッチンの方へ向けた。

そのとき上から「そこか」と叫ぶ声が聞こえた。見上げると、吹き抜けの手摺から身を乗り出している男の姿があった。

「早く行け」秋生が叫ぶのと同時に、衝撃音が空気を震わせた。

健治が呻き声を発して倒れ込んだ。

「パパ」勇樹が健治の身体にしがみつく。健治のワイシャツが赤く染まっていた。

男が階上から拳銃を構え直している。

「いいから、行け」

健治が勇樹を押す。

また発砲音。直後に炎があがった。まかれた灯油に引火したのだ。吉村が叫び声をあげる。

男が階段をおりてくる気配がした。だが、駆けおりることはできない。

「秋生、シャッターを開けろ。ママと紗月を外へ」

健治がそう言って、腹を押さえながら、ダイニングへ行き、椅子に手をかけて身体を支えた。

炎が壁を伝い始めた。吉村にかけられた油にも引火した。吉村の声が絶叫に変わる。

秋生は女を壁に思いきり突き飛ばして、シャッターの開閉スイッチのところまで走り、『開』に回す。振り返ると、階段をおりた男の姿が炎の向こうに見えた。

男が入り口を埋め始めた炎の隙間を潜《くぐ》ってリビングに入ってきた。壁際に倒れている女を見ると、健治に拳銃を向けた。

健治が椅子を持ちあげ、椅子の脚を男に向けて突進していった。男の身体が四本の脚に搦《から》めとられるようにして入り口まで押し返され、吉村の身体に躓《つまず》いてひっくり返った。

そこへ半身を炎に包まれた吉村が抱きついた。手首を拘束していた布は焼き切れたらしい。炎の中から「この野郎」と咆哮が聞こえた。

女が起きあがり、男を吉村から引き離そうと引っ張る。男の服に火が燃え移っていた。

吉村がまさに鬼気迫る形相で女の足首を摑み、引き倒す。女が脚をばたつかせ、ポリタンクにぶつかる。タンク内の灯油に引火し、火柱《ひばしら》があがり、三人を包み込む。炎の中で、吉村が男と女の上に覆いかぶさった。顔が笑っているように見えた。

秋生はテラスに通じる掃き出し窓を開けた。火勢が一気に強くなる。

床に倒れている健治のもとへ行くと、目を閉じていて、息をしているのかどうかわからなかった。最後の力を振り絞って、男に対抗したのだ。

「おい、死ぬなよ」

秋生は健治の両脇に手を差し込み、床を引きずった。力の抜けた身体は重かった。

「生きてろよ……生きてろ」それをかけ声にして、秋生は何とか窓際まできた。そのまま引きずって、テラスに出した。

入れ替わりに、数人の男たちが飛び込んできた。秋生が「何だ」と叫ぶ前に、さらに大勢の人間が入ってきた。

数人が火に包まれた三人に向かい、亮子と紗月のもとへ駆けつける者たちもいる。

「行きましょう」

秋生の前に若い男が現れ、健治の身体に手をかける。わけがわからないまま、秋生は男と二人で健治を持ちあげて庭の奥に運んだ。

男は健治のシャツを捲り、傷口を確かめるようにすると、大声で何かを叫んだ。

亮子と紗月が、やはり数人に抱きかかえられて出てきた。一人は制服姿の警官だった。

皆が口々に声を張りあげて何かを叫んでいる。

リビングの中では、何人もが火に向かっていた。そこにも制服姿の警官がいた。

52　翌日

秋生は勇樹を連れて、病院の玄関を入った。

「お兄ちゃん、肩に摑まっていいよ」

勇樹が秋生を見上げて言った。

「大丈夫だ」

秋生は左足を引きずりながら歩いている。吉村に包丁で刺された傷は四針縫った。病院から松葉《まつば》杖《づえ》を貸与されたが、面倒になってホテルに置いてきた。顔は悲惨な状態だ。瞼が腫れ、口から頰に大きな痣《あざ》ができている。片方の口元にはガーゼが貼ってある。

昨日未明に家族全員が病院に救急搬送された。それから三十六時間経っていた。

健治は腹部を撃たれていた。緊急手術を受けて、今はＩＣＵから一般病棟に移ったと連絡があった。紗月は切迫流産での出血だった。絶対安静が必要ということで入院した。胎児は何とか持ちこたえたらしい。秋生は腿の刺し傷の縫合処置を受けたあと、身体中の外傷を治療してもらい、内臓や脳に損傷がないかを調べられた。幸い重篤な症状は認められずに通院治療となった。亮子も同じように外傷の治療と精密検査を受けた。打撲傷はいくつもあったが、入院は免れ、今は健治につき添っている。唯一無傷だった勇樹は、検査を受けたあと、急遽駆けつけてくれた祖母とともにホテルに移った。秋生は治療を受けたあとに夕方まで病院内で療養し、夜になって勇樹たちと合流した。昨日は治療の合間に警察の事情聴取を受け、今日の午前中は現場検証につき合わされ、昼からはホテルで勇樹も交えて事件の経緯を何度も聞かれた。

勇樹は意外にしっかりした調子でこたえていた。物怖じしない態度で、これまでとはまったく違う印象だった。

吉村はⅢ度熱傷を広範囲に負い、ICUで治療を受けているという。危険な状態が続いているが、一命はとりとめるのではないかとの見込みらしい。菜緒と交際相手の男も重度の火傷《やけど》を負っているが、意識はあるとのことだった。ただ、まだ満足な事情聴取は行われていないようだ。

事情聴取のときに、この男を知っているかと、串田の写真を見せられた。巡邏中の警官に職務質問されて、交番で事情を聞かれたのだという。身許《みもと》が判明したので解放されたのだが、その数時間後にまた住宅街をうろついていたので二度目の職務質問をされた。このときは泥酔状態だったので、一晩保護されたらしい。

外部と遮断された空間で起こった事件で、しかも押し入ったとされる三人が事情聴取に応じられないので、秋生の説明を聞いた刑事たちは、一つひとつに不審そうな表情を浮かべ、何度も同じ質問をしてきた。秋生と勇樹は根気よくこたえて、さきほどようやく今日の聴取が終わり、解放されたところだった。

「びょういんのにおいって好きじゃない」勇樹が周囲を見回しながら顔をしかめた。

「注射が恐くて、病院が嫌いなだけだろ」秋生は受付を探しながら言った。

「ちゅうしゃなんか、平気だよ。お兄ちゃんこそ、子供のころは、びょういんに入るだけで大なきして大へんだったって、ママが言ってたよ」

「忘れたな、そんなこと。あそこだ」

秋生は入院受付と書かれている窓口に行き、健治と紗月の病室を聞いた。

エレベーターを八階でおりて、ナースステーションで病室の場所を聞く。看護師が秋生の顔を見て、気の毒そうな顔をした。

「こっちだ」と、勇樹に声をかける。

患者名のプレートを確認してノックすると、スライドドアを引いた。

窓際の椅子に亮子がこちら向きに座っていた。ベッドの端が見え、室内に入るに従って白布の盛りあがりが見えてきた。ベッドの足元に立つと、父の顔が見えた。病室で見るせいか、ずいぶん老けて見えた。枕元の台に新聞が何紙も載っている。テレビには報道番組が映っていた。警察も事件の全容を把握していないので、報道機関へは最低限の情報しか流していないようだった。それでも、経産省の官僚の邸宅に三人組が押し入り、その家の住人が撃たれて病院に搬送されたというだけでじゅうぶん大きなニュースになっている。しかも押し入った一人は、その前に起こった発砲事件の犯人らしいとなれば、センセーショナルに扱われないわけがなかった。

「助けてくれたんだってな」父が苦笑いのような表情を浮かべて言った。言い方が少し緩慢になっている。

「よく覚えていないんだ。で、傷はどう?」

「今は麻酔が効いているから、そんなに痛みはない。おまえもひどいことになっているな」

「まあね。でも、内臓は大丈夫だってさ。外傷はいつかは治るから」

「心の傷はなかなか治らないという皮肉か」

秋生は鼻先で笑った。こんなときでも、相手の言葉の裏を解釈して言い当てようとする。この人はずっとそうなんだろうなと思った。

「勇樹も来てくれたのか。もうあの梁に乗ったらだめだぞ」

またこれだ、と秋生は呆れた。

「少しは褒めてやれよ。勇樹のおかげで、みんな助かったんだから」

「そうだな。勇樹は名前の通りの勇者だった」健治が勇樹をしばらくじっと見た。「何だか、顔つきが変わったみたいだな」

「そうなんだ。何か、変に自信をつけたみたいだよ」

「へんじゃないよ、ぼくは」勇樹が秋生を見上げて口を尖らせた。

健治の口元が綻んだ。秋生は最後に父親の笑顔を見たのはいつだったか思い出そうとしたが、思い出せなかった。

「家には行ってきたのか」

「うん、検証に立ち会ってきた。一階はもう滅茶苦茶だった。二階も水を被っているから住めるような状態じゃないよ」

家は一階の大半が焼けたが、鉄筋コンクリートの軀体《くたい》は残り、隣家への延焼はなかった。

「三号は？」勇樹が秋生を見上げた。

「二階にいたよ。虫かごに入って。庭に放してきた」

「ほんと?」

「大丈夫だ。信用しろよ」

「あのトカゲのこと?」亮子が聞いた。

「ああ。勇樹の話だと、そいつにもずいぶん助けられたらしいからね」

勇樹が、トカゲがどうやって助けてくれたかを、早口で説明した。

「そうか、勇樹が日頃かわいがっていたのが功を奏したってわけだな」

ここでも健治が笑顔を見せた。そして大きく吐息をついた。「まあ、家は建て替えればいいが、仕事は終わりだな」そう言って新聞に視線を投げかけた。

事件は社会面で大きく扱われている。そのうち当事者の血縁関係が明らかになり、高橋靖夫の事件との関連がわかれば、もっと大々的に報道されるだろう。さらに銃撃犯と共謀していた女が愛人だったと知れれば、マスコミの格好の餌食になる。父は退院すれば、しばらくはその対応に追われるだろう。

「じゃあ、辞めるの」亮子が聞いた。

「辞める。生き恥を晒してまで続けるつもりはないからな」

「プライドを捨てたらいいのに」

母にしては、意外なほど突き放した言い方だった。

「そうだよ」と、秋生は同調した。「親のプライドのせいで、俺は受かりもしない大学を受けさせられたんだ」

「おまえの将来を考えてだ」

「違うね」

「まあ、いい。大学を受けようが受けまいが、どこの大学にするのか、おまえの自由にすればいい。もう何も言わない」

「へえ」

「そんなことで殺されたくないからな」

父が無愛想な顔で言った。

秋生は内心、えっと思った。本気で言ったのか、冗談のつもりだったのか、その判断がつかなかった。

ノックの音がしてドアが開いた。回診だという。

亮子に促されて、秋生と勇樹は廊下に出た。そのままエレベーターホールの隣にある談話室に入った。

自動販売機で飲み物を買い、椅子に座った。

「パパはあれで、二人がお見舞いに来てくれたのが嬉しかったみたい」亮子が笑みを浮かべた。

「別に嬉しそうな顔ではなかったけど」

秋生の頭の中には、「そんなことで殺されたくないからな」という言葉が繰り返し現れていた。

「照れているんだと思うわ。秋生が火の中から助け出してくれたのよ、と言ったら、しばらく黙って目を瞑っていたもの。感謝しているのよ」

本気だったのか、冗談だったのか、はっきりさせてくれよと、秋生は胸の内で呟いた。

「秋生がパパの身体を引っ張りながら、死ぬなよ、生きてろって叫んでいたことも言っといたわよ」

「そんなこと言ってないよ」

「お兄ちゃん、言ってたよ」勇樹が口を挟んだ。

「本当かよ」

「うん。とってもこわい顔で、何回も」

「一時はどうなるかと思ったけど、秋生にパパを助ける気持ちがあってほっとしたわ」

「このまま死なせちゃいけないな、と思っただけなんだよね。今も父さんのことは好きになれない。それは変わらないんだけどさ」秋生自身も、あのときの気持ちはわからなかった。「最後に椅子を持って男に向かっていったのを見たからかな。でもあれは、自分が愛人に裏切られて、頭に来ただけなのかもしれないけどね。家族を守るためじゃなくて。それとかわいそうになったからかな。あんな風に騙されてさ。母さんには悪いけど」

「私もそう思ったもの。普段は偉そうなことを言っているくせに、何て間抜けなんでしょって」

笑いのあと、しばらく沈黙があった。

「うちは、これからどうなるんだろう」

「パパが退院したら、話し合うわ」

「何を?」

「パパとママは、本当はずっと仲がよくなかったのよ。だから……」亮子が言葉を切った。

秋生はそのあとを頭の中で補う。だから、お互いに外で相手を見つけた——。すぐに、違うなと思った。夫婦のことなんか子供にはわかりはしない。さっきも、心は離れているくせに、病室では普通の夫婦のように振る舞っていた。

「とにかく、この先のことは、パパとよく話し合うから」

「けんかしたなら、なかなおりすれば？」勇樹が言った。

「そうね。パパの仕事が変われば、いろんなことが変わるかもね」

亮子は微笑《ほほえ》み、また「だから……」と続けた言葉を切った。目を上に向けてから言い足す。「どうなるか、わかんないわね。決まったら、あなたたちにはちゃんと話すから、ちょっと待ってちょうだい」

「うん」と、勇樹がこたえた。秋生は無言で頷き返した。

三人の飲み物が空になった。

「ぼく、すててくる」勇樹がペットボトルと空き缶を抱えて、自動販売機の横にある容器入れに行った。

「あの子も変わったみたい」亮子がぽつりと言った。

「自分で考えて行動したからだよ。変に自信をつけちゃったんだ」

「変に、と言うと、また勇樹が怒るわよ」

「ああ。じゃあ、紗月のところに寄ってから、ホテルに戻るよ」

三人は談話室を出た。

紗月の病室は二人部屋だったが、もう一つのベッドは空いていた。ベッドの傍らに、若い男が座っていた。

「お兄ちゃん」と紗月が言って、「ひどい顔ね」と笑った。妹の笑顔がとてつもなく貴重なもののように思えた。それにしても、この状況で笑えるとは、何て気丈な妹だ。無理をしているのかもしれないけれど。

「少しは元気になったみたいだな」

「何とかね。あ、後藤さん」紗月が傍らの男を指して言った。男が立ちあがって会釈をした。

「紗月の兄です」そう言いながら、秋生は照れくさい思いがした。

「ぼくは弟の勇樹です」勇樹が一人前に挨拶をした。

妹を妊娠させたことを責めるべきなのか迷った。もともと秋生には妹の行動を非難する気はないし、相手の後藤を咎《とが》めるつもりもない。ただ父親の気持ちになったときに、どっちにするのかと、つい考えてしまったのだ。

「後藤さんが警察を呼んでくれたんですよね？　ありがとうございました」

あのとき、勇樹が外に出ると、すぐに後藤が駆け寄って来たらしい。

「勇樹君がちゃんと話してくれたので、すぐに行動できたのがよかった。一番の功労者は勇樹君ですよ」

勇樹の話を聞いて、すぐに後藤と一緒にいた警察官が家に突入してきたのだ。

「でも、後藤さんはどうして、うちで事件が発生しているのを知ったんですか」

「彼女からのメッセージだよ」そう言って、後藤がスマートフォンの画面を秋生に向けた。

今朝言ったことは間違いでした

家出はやめます
散々悩んだけど、家を出るのは今じゃないと思ったわけ
辛い決断だけど、今日のところは帰って

「沓冠折句《くつかぶりおりく》って知ってる?」後藤が聞く。

「ああ、吉田兼好が誰かとやりとりしたのが有名だったかな」

「さすがだね。今はタテヨミと言った方が通りがいいらしい。頭文字と最後の文字をそれぞれつなげて読むと、違う言葉が出てくるわけだけど、この文章もそうなっているんだ」

「えっ、そうだったの」秋生はあらためてスマートフォンを見つめた。頭文字をつなげてみる。

「け、い、さ、つ……そうか、警察になる」

「最後の文字は、兼好の歌は最後の句から上の句の方へ遡って読むけれど、これは素直に上からつなげていけばいい」

「上からというと、た、す、け、て、つまり、警察たすけて」

「そう。警察にたすけを求めて欲しいと読めるだろう」

「なぜ、折句になっているのがわかったんですか」

「先ず、家出をやめたという大きな出来事を説明する文章にしては、あまりにも短過ぎるよね。あり得ないくらいに。彼女は文章を書くのを苦にしていないし、むしろ文章でいろいろなことを表現するのが好きなんだ。そもそも文学好きの彼女が、こんな文章を書くわけがない。そう思って見ると、改行の仕方が詩のようになっているのも変だなと気づいた。それで折句だとわかった。彼女は

和歌に造詣が深いし、自分でも短歌をよく詠むから、折句はお手の物だしね」

「なるほど。でもこれだけでは、どんな状況でたすけを求めているのかわかりませんね」

「それで、出前キングを装ってインターフォンを鳴らしてみたんだ」

あれはてっきり、串田が出前キングに嘘の注文をしたのかと思っていた。そのことを後藤に言うと、彼は笑い出した。

「僕はたぶんその人に会っているよ。十一時四十分過ぎだったかな。合田家の隣の公園で、スマホを耳に当てている人を見かけたので、何か事情を知っているかもしれないと思って声をかけたんだ。そうしたら慌てたように逃げていった。話はしなかったけれど、かなり酒臭かったから、相当飲んでいたんじゃないかな。おそらくその人が――」

串田だ。そのあと二度目の職務質問を受けて、泥酔状態だったために警察署に保護されたのだ。つまり串田は一度目の職務質問のあと、駅前かどこかで酒を飲み、合田家の近くまで舞い戻って後藤に声をかけられた。その場を逃げたあとに再び職務質問を受けたというわけだ。

「で、インターフォンに出たのは男の人だったわけだけど」と、後藤が続けた。「娘はいないとか、変なことを言っていたので、何か異常事態が発生しているのは確かだと思った。それで、警察に連絡をしたんだ。だけど警察は当然、僕の言うことはすぐには信じてくれなかった。でも、同じ区内で発砲事件があったあとだから、刑事が二人来てくれた。合田家の近くで、僕は彼らにスマホのメッセージを見せながら説明した。なかなかわかってもらえなかったけどね。でも、男と女が合田家へ近づいていくのが見えて、刑事たちの態度が変わったんだ。何しろ、男の方がポリタンクのようなものを持っていたからね。で、二人の様子を窺っていると、女だけが合田家に近づいていって、男は離れたところで身を隠すようにしていた。そして女が門の中に入った直後に自分も素早く入っていった。あれはカメラに捉えられないようにしていたんだろうね。これは普通じゃないって、刑事たちも思ったわけだ。すぐに応援を要請して、僕らは家の前で待機していたってわけさ。勇樹君が外に出てきたのと、警察の応援が到着したのがほぼ同時だった」

「そうだったんですね。ありがとうございました」

「いや、僕らが駆けつける前に、あなたたち自身で危機を脱していたわけだからね。ところで、お父さんの具合は？　お話しすることは可能？」

「話すことはできるけど、退院してからの方がいいんじゃないかな。紗月に関しては、いっぺんにいろいろなことを知って、今は全然整理できていないと思う。ちょっと時間が必要かも。それから話す機会があっても、とにかく一方的に自分の考えを押し通す人だから、普通に話ができると思わない方がいいですよ」

「お兄ちゃん、いつからそんなに大人になったの」紗月が口を挟んだ。

「ついさっきだよ」

「時間が経てば、パパもわかってくれると思う？」

「どうかな。話だけは聞くかもしれないけど、認めるかどうかは……」秋生はいったん言葉を切ってから続けた。「難しいんじゃないか」

「ふうん。ま、私はハッピーエンドは好きじゃないから、いいんだけどね。でも、話はちゃんとしておかないと」

「そうだよ。それは大事なことだ」

「よく言うわ、お兄ちゃんが」

「俺はちゃんと話してきたよ、さっきも」

とは言っても、他人行儀の会話だったけどな、と秋生は胸の内で呟いた。こういう場面での父と息子の会話はこんなもんだろうと、お互いが手探りしていたようだった。まあでも、やりとりが続いただけでもましかもしれない。

「パパとお兄ちゃんが話しているの、初めて見た」勇樹が紗月に向かって言った。

「おまえは生意気になったよな」

秋生は勇樹の頭を小突いた。

「おとなになったと言ってよ」

勇樹が口を尖らして見上げてきた。

※この作品はフィクションであり、実在する人物・団体・事件などには一切関係がありません。

本作品は書下ろしです。

建倉圭介（たてくら・けいすけ）

1952年生まれ。'97年『クラッカー』でデビュー。2006年に刊行した『デッドライン』が「このミステリーがすごい！」でベストテンにランクイン、大藪春彦賞候補となる。他の著書に『マッカーサーの刺客』『ディッパーズ』『ブラックナイト』『退職者四十七人の逆襲』などがある。

家族《かぞく》の中《なか》でひとりだけ

2025年２月28日　初版１刷発行

著　者　建倉圭介《たてくらけいすけ》

発行者　三宅貴久

発行所　株式会社 光文社

〒112-8011　東京都文京区音羽1-16-6

電話　編　集　部　03-5395-8254

　　　書籍販売部　03-5395-8116

　　　制　作　部　03-5395-8125

URL　光　文　社　https://www.kobunsha.com/

組　版　萩原印刷

印刷所　新藤慶昌堂

製本所　国宝社

ISBN978-4-334-10572-3